KB114024

요리의 악마

요리의 악마 4

가프 현대 판타지 장편소설

초판 1쇄 찍은 날 § 2022년 7월 20일
초판 1쇄 펴낸 날 § 2022년 7월 27일
지은이 § 가프
펴낸이 § 서경석

총괄팀장 § 황창선
편집책임 § 양준
디자인 § 스튜디오 이너스

펴낸곳 § 도서출판 청어람
등록번호 § 제387-1999-000006호
등록일자 § 1999. 5. 31
어람번호 § 제1-3188호

본사 § 경기도 부천시 부일로 483번길 40 서경B/D 3F (우) 14640
편집부 § 서울특별시 구로구 디지털로 272 한신IT타워 404호 (우) 08389
전화 § 02-6956-0531 팩스 § 02-6956-0532
http://www.chungeoram.com
E-mail § chungeorambook@daum.net

ISBN 979-11-04-92451-4 04810
ISBN 979-11-04-92433-0 (세트)

가프 현대 판타지 소설

요리의 악마

4

도서출판 청어람

MODERN FANTASTIC STORY

목차

제1장

一

태산이 앞을 막아도

"셰프님, 이분이 바로 송윤기 셰프님이세요."

청담동의 하얀 벽 레스토랑에서 김혜주가 셰프 한 사람을 소개했다. 50대의 이 남자는 낯이 익었다.

"반갑습니다. 에드워드 황입니다."

그가 손을 내밀자 비로소 기억이 열렸다. 뉴욕에서 미슐랭 별하나짜리 식당을 운영하다 귀환한 자연식의 대가 황지우였다.

"영광입니다."

윤기가 환하게 웃었다. 황지우라면 대다수 조리고 학생들이 우상으로 삼는 사람의 하나였다.

"제가 영광이죠. 보스키 도르 종신 심사 위원 초대전 위너라시니……"

"그건 어쩌다 우연히……"

"요리에 우연이란 없습니다. 이번 심사 위원 중에 스잔느가 있더군요?"

"네……."

"제가 뉴욕에 있을 때 굉장히 재능이 있는 친구를 데리고 있었습니다. 어느 날 지인을 통해 스잔느를 알게 되어 선을 보였는데 바로 고개를 젓더군요."

"……"

"게다가 가스파르와 리암?"

"예……."

"그들 눈에 든다는 건 하늘의 별을 따는 일이죠. 그 별들이 모인 곳에서 위너가 된다는 건 별 자체가 된다는 것?"

"과찬입니다."

"송 셰프는 본인이 원하든 원하지 않든 세계 미식계의 주목을 받게 될 겁니다. 그러니 나하고는 이미 클래스가 다른 사람입니다."

"……"

"하긴 그 이전에도 이미 놀라고 있었으니 당연한 수순인지도 모르죠. 우리 김혜주 씨 어머님 일 말입니다."

"흡입 스테이크 말씀이군요?"

"솔직히 그건 분자요리니까 큰 관심 없습니다. 저는 자연 지향이거든요. 그런데 장례식장에 놓인 그 스테이크… 그 위엄에 홀리고 말았죠. 스테이크의 도시 뉴욕에 살아서 스테이크라면 웬만큼 섭렵했지만 그렇게 정직하면서도 먹음직스러운 건 처음이었습니다. 조의를 표하다가 자칫 침을 흘릴 뻔했다니까요."

"좋은 말씀만 해 주시니 고맙습니다."

"오늘 김혜주 씨가 송 셰프를 모시고 온다기에 우리 스태프들 전부 바짝 긴장하고 있습니다. 그러니 혹 부족한 점이 있더라도 양해를 바랍니다."

황지우는 정중했다. 동시에 푸근했다. 꽃으로 치면 민들레 같은 사람. 밝고 소박하니 도무지 반감이 들지 않았다.

"좋은 분이세요."

그가 멀어지자 김혜주가 웃었다.

"아, 아까 보니 이 기자님은 안면이 있는 것 같던데요?"

"있죠. 황 셰프가 한국으로 리턴했을 때 제가 기사를 썼거든요. 기레기 타입으로."

"기레기?"

"현장 취재도 없이 이것저것 짜깁기하는 것 있잖습니까? 송 셰프가 여기 있으니 자수합니다."

"그럼 요리는 안 드셔 보셨네요?"

"그렇게 되었습니다."

"그럼 오늘 드셔 보시고 마음에 들면 기사 한 편 내 주세요."

"그러죠. 그런데 제가 송 셰프 요리 때문에 눈높이가 한껏 높아져 가지고……."

이상백이 웃었다.

"보석국수 나왔습니다."

황 셰프가 돌아왔다. 상차림은 간단했다. 하지만 음식은 전혀 간단하지 않았다.

"……?"

윤기조차도 감을 잡지 못했다. 맑은 육수 안에 든 건 완두콩만 한 알들이었다. 흰색, 노랑, 핑크, 검정, 초록의 다섯 가지니 보석에 다름 아니었다. 그런데 이게 국수란다. 간단하지만 국수의 통념을 신랄하게 깨 주는 메뉴였다.

곁들임으로 나온 건 전복. 그것도 그냥 전복은 아니었다.

"우리 김혜주 씨가 애정하는 메뉴인데 오늘은 모양을 좀 내 보았습니다. 한번 감상해 주시겠어요?"

황 셰프가 윤기를 바라보았다.

숟가락을 들고 건더기를 건졌다. 숟가락 안으로 알들이 푸짐하게 올라왔다.

뭘까?

궁금한 마음에 입에 넣자…….

"……?"

다섯 가지 맛이 입 안에서 풍미를 뿜어냈다. 겉 재료는 쌀가루였다. 그리고, 그 안에 든 것은 각종 육류들이었다.

"어때요? 괜찮나요?"

"기막힌데요?"

윤기의 평이었다.

"혹시 고기가 뭔지도 아시겠어요?"

"……?"

"한번 맞혀 보시죠."

"그럴까요?"

알을 입에 문 채 하나둘 터뜨려 보았다. 감별은 크게 어려운 일이 아니었다.

"오리, 돼지, 닭……."

"……?"

"하나는 소… 또 하나는… 양?"

"와우."

윤기가 답을 내자 황 셰프가 쾌재를 불렀다.

"대단하네요. 그걸 다 맞힌 사람은 송 셰프가 유일합니다."

"그럼 이 다섯 가지 색깔이 다섯 가지 고기로군요?"

"맞습니다. 평소에는 닭과 오리를 많이 쓰는데 특별한 손님이 오신다기에 다양하게 준비해 보았습니다."

"육수는요? 뼈를 고아 낸 것 같지는 않은데?"

"이야, 역시 아시네요. 이 육수는 뼈가 아니라 여기 들어간 육류의 안심을 찜한 후에 거기서 나온 액즙과 고기를 한 번 더 고아 낸 걸 베이스로 썼습니다. 국물 맛이 한결 나른하고 부드럽죠?"

"이 전복은요? 이것도 향미가 만만치 않은데……."

"배와 유자 껍질을 넣고 소금 간만으로 숙성시킨 겁니다. 같이 드시면 개운한 느낌이 더할 겁니다."

"이건 한국요리가 기원이겠군요?"

"맞아요. 저도 미국에서는 서양요리에 심취했는데 나이를 먹다 보니 한국요리가 끌리더군요. 젊을 때는 서양화를 좋아하고 나이를 먹으면 동양화를 좋아한다더니 맞는 말 같습니다."

"심플하지만 심오한 메뉴입니다."

"동양화의 여백처럼 제 요리의 여운도 그러하기를 바랍니다. 그럼……."

황 셰프가 고요히 물러났다.

국수.

모양 하나로 참신성을 확보해 버렸다.

고기를 둥글게 썰어 그 위에 색색의 가루를 입힘으로써 미적 감각을 더했다. 그것으로 두 번째 참신성을 이룩했다. 하긴 기다란 것만이 국수일 수는 없었다. 요리사라면 이런 파격도 당연히 필요했다.

육수도 만만치 않다. 국수의 깔끔한 색깔들처럼 잡내는 일절 나지 않았다.

투박한 질그릇은 원초적인 보석함 같았다. 기품에 더해 낭만과 우아함을 담아낸 요리. 편안하게 먹으면서도 든든하니 진수성찬에 부럽지 않았다.

한국요리.

숨겨진 매력이 많다.

보스키 도르 결선행을 이룬 윤기. 심사 위원들과 후원자들에게 올인했던 긴장을 김혜주와 김민영의 호의에서 위로받았다. 신박하고 맛난 국수와 함께.

"송 셰프."

다음은 어머니 차례였다. 어머니도 한 상을 차려 놓고 윤기를 기다리고 있었다.

"배 고프지? 어서 먹어."

집에 들어서기 무섭게 윤기를 식탁으로 잡아끌었다. 보글거리는 된장과 김치돼지고기 볶음, 그리고 들기름으로 구워 낸 곱창

김과 노릇한 조기 두 마리였다.

"엄마……."

"외국 나가면 한국 음식 그립다잖아? 사모님께서 일찍 보내 주셔서 준비했어."

"나……."

밥 먹고 왔는데?

그 말은 차마 할 수 없었다.

"이것도 마셔 봐. 사모님이 식혜 먹고 싶다고 해서 만들어 드렸는데 맛이 괜찮아."

"알았어요."

공항에서 산 자스민 향수 '에어린'을 안겨 주고 의자를 당겨 앉았다. 옛말에 20대는 밥 먹고 돌아앉으면 허기가 진다는 말이 있다. 그 말을 믿고 수저를 들었다.

"송 셰프……."

먹는 걸 바라보는 어머니 눈에 눈물이 어린다.

"뭐래, 그 눈빛… 엄마, 나 체한다?"

"그냥 좋아서… 우리 아들이 이렇게 대견하게 크다니."

"또 손목 생각하지?"

"응? 응……."

"엄마, 좋은 왕의 덕목이 뭔 줄 알아?"

"왕?"

"여러 가지가 있는데 그중 하나가 시련이야. 시련을 겪으며 자란 왕이 강하고 현명한 왕이 된대."

"왕은 왜?"

"왜긴? 내가 셰프의 왕이 될 거잖아."

"말 되네?"

"손목의 시련은 나한테 진주알하고 같은 거야. 그러니까 슬퍼할 일이 아니고 고마운 일이라고."

"송 셰프……."

"나 싱가포르에서 상금 좀 받았는데."

"그런 건 상관없어. 우리 아들이 꿈을 펼치고 다른 사람의 인정을 받는 게 중요하지."

"또 그런 꼰대 마인드."

"응?"

"나는 안 그래. 인정에도 합당한 보상이 있어야지. 길거리 무료 급식 봉사하는 요리사도 가치가 있지만 최고의 요리를 만들면 그만한 대가가 따라야 하는 거 아니야?"

"그건 공감."

"부가 상금으로 받은 게 한 9억쯤 되는 거 같아."

"얼마?"

어머니가 고개를 들었다.

"9억. 비트 코인으로 받은 거라 시세가 들쭉날쭉하기는 하지만."

"9천만 원도 아니고 9억?"

"응."

"……!"

어머니 안색이 창백해지는 게 보였다. 풍요하고는 거리가 멀었던 어머니였다. 그러니 그런 거액은 도무지 믿기지 않는 표정이었다.

"거기서 만난 멕시코 재벌이 백지수표도 내밀었는데, 자기 전속 셰프가 되어 달라고."

"진짜?"

"내가 칼거절 먹였어. 나는 누구에게 구속된 요리는 만들고 싶지 않거든. 딱 두 사람은 예외지만."

"두 사람은 누군데?"

"한 사람은 언젠가 만날 내 여자?"

"아직 없어?"

"좀 빠르지 않아?"

"하긴 요즘은 다들 서른 넘어야 결혼한다지."

"나머지 한 사람은 궁금하지 않아?"

"누군데?"

"바로 엄마."

"……?"

"우리 엄마, 나 때문에 고생 많이 한 거 알아. 그러니까 그 두 사람은 예외로 해 준다."

"송 셰프……."

치잇.

눈물 글썽거리는 어머니에게 향수를 시향해 버렸다.

"냄새 좋지?"

"정말? 와아……."

어머니도 여자다. 향수에 바로 반응을 한다. 에어린 향수가 그랬다. 은은한 재스민 향이 매력적이었다. 그렇기에 윤기도 단한 번의 시향에 녹아 버렸다.

"그러니까 눈물 같은 건 과거에다 줘 버리고 나랑 같이 플렉스, 알았지?"

치잇.

무장 해제된 어머니의 감성 위에 한 번 더 향수를 난사했다. 배고픈 사람에게 요리가 진리라면 여자에게는 때로 향수가 진리일 수 있었다.

어머니가 설거지를 하는 동안 식혜를 마셨다. 달달하면서도 담담한 맛이 괜찮은 것 같아 조금 더 첨잔을 했다.

"응?"

맛이 변했다.

"어머, 내건 숭늉이었는데 그걸 부었어?"

어머니가 돌아보았다.

"숭늉요?"

"나는 너 오기 전에 많이 마셔서… 새 걸로 줄까?"

"아뇨. 이 매칭도 괜찮은데요?"

실수로 섞은 식혜와 숭늉에 호기심이 발동했다. 둘의 상층부만 따라 마셔 보니 더 괜찮았다. 숭늉의 구수하고 쌉쌀한 맛에 식혜의 달달하고 탑탑한 맛.

요걸 원심분리 해서 비율을 맞추면?

생각이 신메뉴로 달려간다.

"엄마, 식혜하고 숭늉 남은 거 통째로 줘 봐요."

"왜? 뭐가 잘못됐어?"

"아뇨. 괜찮은 메뉴가 나올 것 같아서요."

"쉬지도 않고?"

"쉬는 거보다 요리하는 게 더 좋거든요."

바로 컵의 줄을 세웠다. 식혜와 숭늉, 공통점은 밥알이 있다는 것. 망으로 걸러 내고 비율을 맞춰 보았다. 50 대 50으로 시작이다.

"아유, 내가 괜히 식혜 만들었네. 우리 아들 쉬지도 못하게."

어머니가 볼멘소리를 낸다. 윤기는 알고 있다. 진심이 아니라는 것. 자신의 일에 매진하는 자식, 게다가 남의 인정까지 받는 자식을 바라보는 것보다 흐뭇한 일이 어디에 있을까?

"송 셰프."

리폼에서도 꽃다발 세례가 이어졌다. 시작은 주차장, 진 조리 1팀장의 패밀리였다. 어린 은서가 꽃다발을 내미니 꼼짝 마라였다.

"축하드려요, 송 셰프님."

은서의 목소리는 꽃다발처럼 선명했다.

"땡큐."

기꺼이 꽃다발을 접수해 주었다.

"어린이집 가는 길에… 송 셰프 꽃을 샀더니 은서가 자기가 주고 싶다고 하잖아?"

진규태가 사연을 설명했다.

"몸은?"

윤기가 은서에게 물었다.

"이제 안 아파요. 저 토요일날 달리기도 했어요."

은서가 두 주먹을 쥐어보이니 귀요미가 따로 없었다.

"이제 가 봐. 우리 송 셰프 기다리는 사람이 한둘이 아니거든."

진규태가 아내에게 말했다.

"으아, 보스키 도르 종신 심사 위원 추천전 위너… 같이 겨룬 사람들이 쟁쟁했다며?"

복도를 걷는 진규태, 윤기보다도 더 흥분해 있었다.

"그렇다고 들었습니다."

"솔직히 나도 보스키 도르 본선 진출이 꿈이었거든. 호주 유학할 때 말이야."

"아직 꿔도 되는 꿈 아닌가요?"

"내가? 아휴, 그런 말 마. 요리 고수들이 얼마나 많은데? 단박 우리 호텔만 봐도 그렇잖아? 이런 은둔 고수도 몰라보고 설레발이나 치고 있었으니… 어, 대표님?"

진규태가 앞을 가리켰다. 리폼 주방 앞이었다. 설 대표와 유 이상, 황 부장 등이 단체로 나와 윤기를 기다리고 있었다.

"송 셰프……."

"대표님, 이사님?"

"축하하네."

꽃다발이 먼저 안겨졌다.

"축하드려요."

이리나도 꽃을 내민다. 그 뒤의 주희는 유 이사와 황 부장에게 밀렸다. 주춤하는 사이에 에르베와 리폼 팀의 꽃이 밀려들었다.

"토마토 밀푀유와 순록 밀푀유, 사진만 봐도 환상적이더군. 그거 먹을 수 있냐는 전화가 수십 통은 걸려 왔네."

설 대표의 치하였다.

"까짓것 만들면 되죠. 순록 대신 양이나 염소를 쓰면 간단하거든요."

"정말인가?"

"다 빈치 이벤트 끝나면 새로운 메뉴로 고려해 보겠습니다."

"그 다 빈치 이벤트……."

설 대표 옆의 이리나 표정이 돌연 무거워졌다. 유 이사가 슬쩍 눈치를 주는 모습도 보인다.

"왜요?"

"그게……."

윤기가 묻자 이리나가 말끝을 흐렸다.

"무슨 일이 있습니까?"

윤기가 설 대표에게 물었다.

"……."

"대표님."

"쾌거를 올리고 온 사람에게 말하기 그렇지만 좀 심각한 문제가 생겼네."

설 대표의 표정도 그새 어두워졌다.

그러고 보니 리폼 팀원들 표정도 무겁다.

"따라오시게."

설 대표가 앞서 걸었다. 꽃을 창혁에게 넘기고 그를 따라 걸었다. 엘리베이터가 꼭대기 층에서 멈췄다. 거기서 내리더니 옥상으로 향한다.

"보시게."

훤하게 트인 옥상에서 그가 네거리 쪽을 가리켰다.

"……?"

그제야 이유를 알았다. 신마호텔이었다. 거기 초대형 이벤트 홍보 현수막이 걸려 있었다. 어찌나 큰지 호텔의 3분의 1을 가릴 정도였다.

[글로벌 챌린지 파이널 금상, 폴 보스키 수셰프에 빛나는 리차드 손의 르네상스 특별전]
[당신을 엘레강스한 미식 세계로 초대합니다.]

현수막에는 두 사람의 셰프 사진이 들어 있다. 신마호텔의 총주방장 리차드 손과 몇 해 전 홍콩 국제대회에서 금메달을 땄다는 강형우 셰프였다.

호텔들이 요리 특별전을 하는 건 특별하지 않았다. 신마호텔도 다양한 이벤트를 벌인다. 문제는 그 날짜였다. 그들의 이벤트는 3일간. 그 시작이 바로 리폼의 다 빈치 특별전을 겨누고 있었다. 초강력 견제구를 날린 것이다.

"그동안 리폼이 약진을 했잖나? 우리 이벤트를 죽이려는 의도가 틀림없네."

설 대표가 중얼거렸다.

"이틀 전부터 엄청난 물량 공세를 퍼붓고 있네. 계열사의 방송 광고에 포털사이트 광고, 어제는 리차드 손을 종편 방송에까지 출연시켰더군."

"그러고 보니 우리 현수막을 걸지 않으셨군요?"

"오늘 완성되지 않나? 그런데 일이 저렇다 보니……."

"겁이 나십니까?"

윤기가 설 대표의 정곡을 찔렀다.

"그건 아니네만 신마의 인프라는 국내 톱 클래스 아닌가? 저들이 마음먹고 나온다면 우리 이벤트가 묻힐 가능성이 높아. 정면 대결은 무리라는 거지."

"누구 생각입니까?"

"응?"

"정면 대결이 무리라는 거 말입니다. 누구 생각이냐고 물었습니다."

"송 셰프."

"다들 그렇게 생각했겠죠. 패배 의식 유전자의 단체적 발동 말입니다."

"송 셰프."

"왜 그 반대로는 생각하지 못하시는 거죠."

"반대?"

"오히려 잘된 것 아닙니까?"

"무슨 뜻인가?"

"혼자 손을 흔드는 것보다 둘이 흔들면 더 잘 보이죠. 제 말은 오히려 사람들의 관심을 촉발시킬 수 있다는 겁니다."

"송 셰프, 그렇게 간단한 문제가 아니네."

"나아가 오히려 기회입니다. 이 호텔 요리가 신마보다 우수하다는 걸 증명할 수 있는."

"송 셰프……."

"그렇지 않습니까? 저들은 고맙게도 승부를 걸어 준 겁니다."

"……?"

"우리가 할 일은 걱정하는 게 아니라 이기는 거죠. 그렇게 되면 서울 호텔 업계의 요리 서열이 재정립됩니다. 이 이벤트가 노리는 게 그것 아니었나요? 그랑 서울 요리 서열의 부각?"

"하지만……."

"대표님은 언제까지나 저 신마호텔의 그늘에 가리고 싶은 건가요?"

"그럴 리가 있나?"

"그럼 저들의 도전을 당당하게 받아들이세요."

"도전이라고 했나?"

"우리가 먼저 기획했지 않습니까? 그러니 도전이랄 수밖에요. 제 눈에는 못난 도발로 보입니다만."

"……?"

"하지만 저들 실수입니다. 가만히 있으면 그들 위상이 우리 위겠지만 정면 대결이라면 결과에 따라 상황이 달라지죠."

"대표님."

"송 셰프……."

"기왕 이렇게 된 거 제대로 한번 충돌해 보자고요."

"제대로라니?"

"우리 이벤트도 3일로 늘려 주세요. 네임드의 도전이니 형식은 갖춰 줘야 하지 않을까요?"

"송 셰프."

"처음에 저한테 거셨듯이 이번에는 이 이벤트에 거세요."

윤기 목소리에 힘이 들어갔다.

"설 대표님 목, 저는 제 목을 걸죠."

"……."

설 대표의 표정이 굳는 게 보였다. 윤기의 압도였다. 이럴 때는 전생들의 폭주가 고마웠다. 그들은 오히려 이런 상황을 즐긴다. 상대가 누구든 관계없었다. 미슐랭 별 셋들의 맛의 제국을 향해서도 거침이 없었던 전생들이었다.

"이상백 기자가 쓴 기사 보셨죠?"

"그렇네만."

"그날 번외편으로 페드로 회장님 단독 식사를 모셨습니다. 그분을 아십니까?"

"페드로라면 멕시코의 대표 재벌이잖나? 정유 사업에 투자에… 나아가 깐깐한 미식가로 알려진?"

"어떻게 깐깐합니까?"

"본사의 정보에 의하면 웬만한 호텔의 이그제티브 셰프들조차 그를 만족시키지 못한다고 하네."

"그분이 후원자들 딜에서 이긴 대가로 비트 코인 10개를 주셨습니다."

"……?"

"거의 10억에 가깝더군요."

"단독 식사 한 끼에 말인가?"

"그렇습니다."

"맙소사."

"위로가 되시면 걱정 거두고 홍보와 고객 유치전에 매진해 주시기 바랍니다. 요리는 제게 맡기시지요."

"목은 얼마든지 걸 수 있네. 하지만 우리 홍보 인프라는 한계가 있어. 저들처럼 방송국 계열사를 거느린 게 아니다 보니……."

"그러면 제가 한번 알아보죠."

"자네가?"

"싱가포르 요리전 말입니다. 이상백 기자님이 동행을 하셨습니다. 르 몽드와 뉴욕타임즈 기자들도 왔었는데 거기서 기사 한 방이 터져 주면 도움이 되겠죠. 거기다 방송 출연으로 분위기 띄우고 주제를 제대로 살리면 꿀릴 것도 없습니다."

"송 셰프, 열정은 높이 사네만 방송 출연이라는 게 그렇게 쉽게 되는 게 아니네. 이벤트 일자도 촉박하고… 싱가포르 대회가 보스키 도르 결선 대상(大賞)이었다면 혹시 몰라도……."

"그냥 있으면 하늘에서 던져 주는 것도 아니지 않습니까?"

"자네 정말……."

"목 거시는 겁니까?"

"어쩌겠나? 자네가 이러는데 최선을 다해 보는 수밖에."

"현수막 오늘 완성된다고 하셨죠?"

"그렇네만."

"시안 좀 보여 주세요."

장소를 마케팅 팀으로 옮겼다. 장세희 팀장이 디자인 파일을 보여 주었다. 현수막의 디자인은 약했다. 그랑 서울의 한계였다.

신마에 비해 모든 인프라가 부족한 것이다.

그때 도로를 지나가는 앰뷸런스 소리가 들렸다.

띠뽀띠뽀.

앰뷸런스에는 특징이 하나 있었다. 바로 반대로 쓴 글자. 거울은 물체를 거꾸로 비추니 그래야 똑바로 볼 수 있기 때문이었다.

[레오나르도 다 빈치]

윤기 머릿속에서 다 빈치와 매칭이 되었다. 다 빈치가 그랬다. 노트에 메모를 할 때면 거울을 이용해 글자를 거꾸로 썼다.

"이 문구들 글자체 반전으로 바꿔주세요. 레오나르도 다 빈치에 걸맞게."

윤기가 수정 의견을 냈다.

"그리고 제 이미지와 요리들도요. 그게 오히려 주목성이 높을 것 같습니다. 판을 뒤집자는 의미도 되고요."

"잠깐만요."

장세희가 윤기의 의견을 접목시켜 본다. 그러자 단순해 보이던 현수막 디자인이 독특하게 변했다.

"괜찮은데요?"

장세희의 공감이었다.

"아직 출력 전이지?"

설 대표가 물었다.

"네, 오후에 오기로 했으니까요."

"아니야. 출력했어도 상관없어. 송 셰프가 제안한 대로 바꿔서 가져오라고 해."

설 대표의 목소리에 활기가 돌아왔다.

"저쪽 이벤트는 몇 시에 오픈인가요?"

"아예 작정하고 나왔는지 우리하고 똑같아요."

"일단은 식재료부터 확보해야겠습니다. 이벤트 기간이 늘어나면 그게 급선무예요."

"송 셰프."

"첫 런치 타임에 승부를 걸자고요, 런치는 유명 창작자들 VIP, 디너는 저명인사들 VIP."

명제를 남긴 윤기가 돌아섰다.

[이벤트]

지원만 제대로 된다면 윤기가 꿀릴 것 없었다. 요리로 사람을 매료시키는 건 안드레아의 전문이었다. 상대가 있어 준다면 오히려 고맙다.

"대표님."

유 이사와 황 부장은 걱정이 한가득이었다.

"무슨 말을 하려고?"

"3일 정면 대결은 무모합니다. 그냥 예정대로 하루 일정으로 가는 게……."

"송 셰프는 이게 기회라고 하더군. 신마의 그늘을 벗어날 수 있는."

"말이 쉽지 신마는 대한민국 3대 호텔입니다. 대기업이에요.

인프라가 장난 아니라고요."

"자네들 혹시 핀란드의 엔틱 스노우맨이라는 호텔 아나?"

"별 세 개짜리 고전 호텔 아닙니까?"

"그거 말고. 그 호텔이 핀란드에서 가장 예약하기 힘들다는 거?"

"들어는 봤습니다만."

"그 호텔 주변에는 별 다섯 개짜리 호텔이 두 개나 있네. 숙박비도 그리 싼 편도 아니고. 그런데도 두 거인들 사이에서 인기를 구가하고 있지."

"그거야……."

"나도 우려가 되네만 우리 그랑 서울이 내세울 건 이제 요리밖에 없네. 다른 건 몰라도 송 셰프 요리는 신마에 앞서지. 인정하지 않는 사람?"

"……."

"송 셰프가 멕시코 페드로 회장의 인정까지 받았다더군. 싱가포르 대첩이 보스키 도르 결선이 아닌 건 좀 아쉽지만 지금까지의 쾌거만 해도 명운을 걸어 볼 일야."

"대표님, 리차드 손은 그 보스키 레스토랑의 수셰프 출신입니다."

"그래서?"

"……?"

"보스키 레스토랑 수셰프 출신이면 보스키 도르 요리 대회 수상자들보다 뛰어난 건가?"

"그건 아니지만……."

"전에 건설 분야의 왕 회장이라는 분이 이런 말을 했다지, 임자, 해 봤어?"

"……?"

"우리 신마와 정면 대결해 본 적 없잖아? 어떤 이벤트도 말이야. 저들이 뭘 하나 보면서 피해 갔지. 어쩌면 그런 마인드 때문에 모든 면에서 뒤처진 건지도 몰라."

"……"

"책임은 내가 질 테니 한번 밀어줘 보자고. 아니면 우리가 뭘로 신마와 맞짱을 뜨겠나?"

설 대표의 사자후였다.

"꽃다발 고마웠어요."

리폼 홀로 내려와 주희를 찾아 인사부터 챙겼다.

"셰프님……"

그녀가 얼굴을 붉힌다. 아까는 북새통이라 직접 받지 못했다. 창혁에게 맡겼다니 인사를 챙기는 윤기였다.

"결선 진출 축하드려요."

"고마워요."

"결선에서도 위너가 되어주세요."

"노력해 볼게요."

인사를 마치고 주방으로 돌아왔다.

차분하게.

차부터 한잔 마셨다. 공석 기간 동안의 재료 준비를 마치고 갔지만 할 일들이 많았다. 그래서 더 여유를 가졌다. 요리가 그렇다. 급한 마음으로 하면 반드시 꼬인다. 100인분의 요리를 잘해도 소용없다. 한 사람의 요리를 망치면 망하는 게 요식업이었다.

홍보.

그게 필요했다. 이렇게 되면 기 싸움도 중요하다. 이쪽도 그만한 능력이 있음여 주고 싶었다. 설 대표와 유 이사가 뛰어 준다지만 크게 기대할 건 없었다. 현재까지의 위상은 윤기가 정립했다. 결국 윤기가 나서야 할 일이었다.

"창혁아, 런치 예약 좀 읊어 봐."

잔을 비운 윤기가 앞치마를 동여맸다.

"LGY 스테이크 105인분에 병원 특식 8인분, 기타 단품이 40인분 정도 됩니다."

대답은 재걸이 했다. 그가 창혁의 일을 분담하기 시작한 것이다. 일단은 식재료부터 점검했다. 113인분의 스테이크 재료는 제대로 선별이 되어 있었다. 이제는 자체 숙성실이 돌아간다. 그렇기에 균등한 관리가 가능해졌다. 그러나 고기다. 공산품처럼 완벽한 규격화가 어렵다. 그걸 메워야 하는 게 셰프의 오감이었다. 아차 하면 수준 미달의 고기가 섞이는 것이다.

"오케이, 요리 개시."

윤기의 검수가 끝나자 주방이 활기를 찾기 시작했다.

"밥 먹고 합시다."

런치 타임의 폭풍이 지나간 이른 오후, 윤기가 팀원들을 불러 모았다. 리폼의 점심은 돌아가면서 만든다. 오늘은 윤기 차례였으니 육류 종합 밀푀유를 만들었다. 이것저것 짜투리로 남은 살을 트랜스글루타미나아제로 붙여 밀푀유 형식을 내 보았다.

"우와."

이상백의 기사를 스크랩한 창혁이 먼저 알아보았다.

"그거죠? 싱가포르 대첩에 출품한?"

"그건 순록이고 흉내만 내 봤어."

"순록이면 누린내 제거 장난 아니었을 텐데?"

경모가 중얼거렸다.

"맞아요. 지비에는 그게 관건이니까요."

"아, 그걸 먹어 봤어야 하는 건데……"

에르베도 아쉬운 눈치다.

"나중에 한번 모실게요. 한국에도 야생 고라니나 멧돼지 같은 고기가 나오니까요."

"그럼 복사하고 지장 찍어야지."

에르베가 손가락을 내밀었다. 언어도 한국어다. 이런 건 대체 어디서 다 배웠을까? 원래는 팀원들의 불어가 늘기를 바랐는데 그의 한국어만 나날이 늘어나고 있었다.

"그나저나 어쩌죠? 저 신마 자식들……"

경모가 울분을 삼킨다.

"선배도 쫄았어요?"

슬쩍 자극하는 윤기.

"그럴 리가. 그 자식들에게 '선빵' 한 번 제대로 날렸으면 하는 마음뿐이야."

"그럼 날리자고요. 어차피 넘어야 할 산이잖아요?"

"그렇지? 다른 건 몰라도 송 셰프 요리는 안 꿀리잖아?"

"내 요리뿐만이 아니라 우리 팀 전체가 안 꿀리죠."

윤기가 살짝 수정을 가하자 경모가 굳어 버렸다.

심쿵.

감동의 쓰나미였다.

*　　　　*　　　　*

커피 한 잔을 들고 후문으로 나왔다. 저만치 신마호텔의 대형 현수막이 눈에 들어왔다.

[선빵]

경모의 단어가 귀를 자극하고 지나갔다.

요리도 시작이 중요하다. 신마는 아마도 디데이 총력전으로 기선 제압에 나설 것이다.

어떻게 대적해 줄까?

역아라면 이 묘수를 장기에서 찾는다. 왕을 치는 방법은 다양하다. 차포는 물론이고 상마도 묘미가 있다. 졸로 왕을 잡으면 그야말로 대박.

윤기는 한 수를 더 나갔다. 저들이 자랑하는 인프라와 아웃풋, 그것만을 노리고 싶었다. 그렇게만 된다면 신마의 프라이드는 단숨에 꺾여 버린다.

첫 타임의 매진은 당연하다. 신마도 그럴 것이고 그랑 서울도 완판은 문제없다. 디테일은 고객들이었다.

[고객]

고객의 격에서 승부를 봐야 했다. 분위기상 그 또한 신마의 우위. 그걸 깨면 분위기가 넘어오게 되어 있었다.

저명인사들의 줄을 세워본다.

이지용 회장─전송화 화백─장대방 관장─추승범 피디─김민영과 여먹4총사─김혜주⋯⋯.

그들의 인스타를 체크하다 시선이 멈췄다. 전송화와 김혜수였다. 전송화의 맨파워도 굉장했다. 신진 화가와 조각가, 건축가, 큐레이터의 거물급 지인들이 즐비했다.

그리고 김혜주⋯⋯.

연예계 대모라는 닉네임답게 스타들과의 인맥이 거의 신급이었다. 한국영화를 대표하는 봉순호 감독에 마술사 최연우, 뮤지션 손열음에 아누마까지⋯⋯.

레오나르도 다 빈치는 창의성의 바다.

그런 그림에 딱 들어맞는 사람들이었다.

빙고.

윤기가 주먹을 쥐었다. 그림대로만 된다면 어떤 VIP들보다 빛날 수 있었다. 5성 신마호텔의 코를 보란 듯이 뭉개 버리는 것이다.

바로 김혜주에게 연락을 취했다. 쇠뿔은 단김에 빼는 게 정석이니까.

"에르베 셰프님."

안으로 들어온 윤기가 에르베에게 다가섰다.

"왜?"

"오후 요리 많지 않으시죠?"

"응."

"뭐 연구하실 거 있어요?"

"한국요리 중에서 음료 레시피 좀 볼 생각인데?"

에르베가 번역본을 내밀었다. 여러 가지 차였다. 식혜도 있고 생강차에 수정과도 있었다. 재료 준비는 이미 되어 있었다. 쌀알이 동동 가라앉은 식혜가 보였다.

"제가 특별한 음료 레시피 하나 드리면 디너 스테이크 반만 좀 맡아 주실래요?"

"왜? 피곤해?"

에르베 눈이 휘둥그레졌다. 그는 섬세하다. 초고수들과 결전을 치르고 온 윤기. 그렇기에 몸살이라도 났나 걱정하고 있었다.

"그게 아니고요 다 빈치 이벤트 고객 유치전 때문에 좀 나갈 일이 생겨서요."

"그럼 다녀와. 내가 맡아 줄 테니까."

"기브 앤 테이크?"

"뭐 그러면 더 좋고."

"식혜 얼마나 샀어요?"

"1리터 두 통?"

"그럼 300ml만 쓸게요."

윤기가 식혜를 따랐다. 그런 다음 식재료관으로 가서 쌀을 골랐다. 가장 만만한 게 고시히카리였다. 최근 각광받는 특별한 쌀 종류도 몇 가지 골랐다. 총 다섯 가지 쌀을 섞어 씻기 시작했다.

쌀 씻기에도 법칙이 있다. 처음에는 빠르게 헹궈낸 후에 물을 버린다. 쌀에 묻은 잡내를 버리는 것이다. 그런 다음에 손가락으로 물살을 가르듯 쌀을 씻는다. 박박 문지르는 것은 쌀에 대한 무례였다.

"셰프님, 그건 제가 할게요."

그걸 본 창혁이 다가왔다.

"땡큐, 그런데 이게 정성이 좀 필요한 거라서 말이지?"

"네?"

"그런 게 있어."

"네에……."

"도와주려면 새우하고 망고, 캐비어 좀 준비해 줄래?"

"알겠습니다."

창혁이 물러나자 재걸의 모습이 보였다. 목을 빼 들고 있는 건 호기심 때문이다. 신참인 그에게는 윤기의 행동 하나하나가 신기할 뿐이었다.

"간단한 분자요리 만들 건데 와서 봐도 좋아."

"분자요리요?"

그 말에 명규와 경모까지 반응을 했다.

분자요리.

폼 나는 이름이다. 그러나 윤기는 필요한 경우에만 이 요리법을 썼다. 요리의 본질은 재료와 불, 그리고 물이었다. 겉만 화려하거나 호기심을 자극하는 요리는 오래가지 않는다.

한천과 젤라틴을 준비했다. 알긴산과 카라기난도 필수품이다. 다시마 육수와 간장, 설탕을 분량대로 섞은 혼합물 속에 카라기난이 투하되었다. 간장 젤리를 만드는 것이다. 보글보글 끓어오른 후에 체로 거른다. 그런 다음에 시트 위에 얇게 펼치면 간장 젤리가 완성된다.

옆 팬에서는 쿠르부용 육수가 만들어진다. 식초와 레몬, 월계수에 더해 화이트와인으로 포인트를 주었다. 쿠르부용은 된장 대용으로도 쓰인다. 고기를 삶을 때 쓰면 유용하다. 물론 급할 때라면 된장 한 숟가락에 후추 몇 알이면 간단하다.

그럼에도 쿠르부용을 쓰는 건 맛의 향상 때문이다. 분자요리학적 관점으로 보자면 생선 살을 응고시켜 맛을 증폭시키는 역할을 해준다.

창혁이 준비한 깐 새우를 투하했다.

[새우, 콩알만 하게 자른 생망고 알, 간장 젤리, 몰드로 쓸 스테인리스 물잔]

"뭐 하려는 거 같아?"

윤기가 재걸에게 물었다.

"잘 모르겠는데요?"

그가 얼굴을 붉혔다.

"창혁은?"

"라비올리요."

바로 대답이 나온다. 창혁은 공부를 많이 했다. 에르베나 윤기가 새로운 요리를 만들면 밤을 새워서라도 복습을 해 본다. 그래도 안 되면 쉬는 날 나와 연습을 한다.

그걸 본 경모와 명규도 동참을 했다. 전에는 휴일에 나오라면 입에 거품을 물던 경모와 명규. 요리하는 맛에 빠진 후로는 자발적으로 나오고 있었다.

간장 젤리판 위에 재료들이 자리 잡기 시작했다. 새우가 놓이고 배 쪽에 작은 망고 알 세 개가 놓인다. 30여 개의 자리를 잡은 후에 스테인리스 잔을 들었다. 간장 젤리를 누르자 동그랗게 잘렸다. 그것으로 요리는 완성 단계였다. 반으로 접자 라비올리가 완성되었다.

"우와."

재걸의 입에서 감탄이 터졌다. 경모와 명규도 혀를 내두른다.

라비올리는 두 장의 반죽 사이에 소를 넣는 파스타다. 월남쌈과도 통한다. 이건 자태가 달랐다. 간장 젤리의 유려한 색감 때문이었다. 투명하게 얇어진 간장색, 새우의 붉은 색을 품자 품격이 변했다. 거기다 포인트까지 들어갔다. 생망고 세 조각이었다. 황금색 망고가 붉은 새우살 옆에 선명하니 새우의 알처럼 보였다.

밥이 되는 동안 LGY 스테이크 시어링에 들어갔다. 숯불을 맞은 고기에서 연기가 피어오른다. 연기도 맛이다. 상한 고기를 구우면 연기 맛도 쓰다.

경모와 창혁이 바빠진다. 주희의 카트도 쉴 새 없이 복도를 오간다.

오늘 굽는 소고기는 마블링이 최적이었다. 표면의 반응과 연기 냄새가 그걸 알려준다. 그럴 때면 굽는 셰프도 기분이 좋아진다. 요리에 대한 자부심이 커지는 것이다.

60개가량을 내보낸 후에 에르베와 교대를 했다.

"셰프님."

재걸이 두툼한 무쇠솥을 가리켰다. 윤기의 지시를 받고 준비한 것이다. 씻어서 건져 두었던 쌀을 거기다 앉혔다. 가마솥 맛을 내는 압력솥이 많다지만 두툼한 무쇠솥을 당할 전기밥솥은 없었다.

화력은 최대로 높였다.

[밥, 참기름, 간장 캐비어, 잣가루]

주먹밥의 재료도 간단했다. 참기름을 바른 손으로 주먹밥을 쥐어 낸 후 잣가루를 뿌리고 그 중앙에 분자요리로 만든 캐비어를 올리는 것으로 끝났다. 바로 간장 캐비어 주먹밥이다.

"먹어 봐."

그 하나를 재걸에게 주었다.

"흡."

한 입 우물거리던 재걸이 울컥 흔들렸다.

"왜?"

창혁이 물었다.

"맛있어서요."

재걸은 바짝 굳어 있다. 창혁의 입으로도 하나가 들어왔다.

"우왓. 메밀주먹밥 못지않아요."

"쉬잇."

윤기가 조용하라는 시늉을 했다. 그 손은 여전히 바빠 노릇 바삭하게 익은 누룽지를 끓이기 시작했다. 캐비어 주먹밥 20인 분과 음료까지 뚝딱 해치우는 윤기였다.

"에르베 셰프님."

스테이크를 굽는 에르베에게 다가섰다.

"응?"

그 입에도 주먹밥 하나를 물려 주었다.

"최고."

에르베가 엄지를 세워 준다.

"이건 아까 말씀드린 기브 앤 테이크 음료입니다."

옆에다 맑은 물 한 컵을 놓아 주었다.

"······?"

그걸 마신 에르베의 눈이 휘둥그레 변했다. 푸근하고 애잔한 맛이 일품이었다. 어떻게 보면 별 자극도 없지만 먹고 난 다음에 또 당겼다.

"송 셰프, 이 레시피······?"

절박한 외침에 대한 답은 재걸이 대신 주었다.

"셰프님 외출하셨는데요?"

"송 셰프님."

방송국 복도에서 김혜주의 매니저를 만났다.

"일찍 오셨네?"

"저녁 간식 좀 드리려고요."

"스테이크입니까?"

매니저가 반색을 했다. 그도 LGY 스테이크에 중독된 까닭이었다.

"주먹밥입니다."

"주먹밥?"

바로 실망 모드로 들어간다. 식욕 본능 때문이다. 식욕은 생물이다. 저 홀로 상상을 한다. 뭔가 먹고 싶어지면 그 분위기에 빠진다. 때문에 자신이 원하던 음식이 아니면 실망하기 십상이었다.

"녹화 끝나려면 꽤 걸릴 텐데? 전지연이가 차량 펑크로 늦게 도착하는 바람에 말입니다."

"기다리죠 뭐."

윤기가 말했다. 오늘도 스페셜 예약이 있었다. 준비는 해 놓고 왔다지만 그들이 도착하기 전에 돌아가야 했다. 그렇다고 녹화가 윤기 스케줄을 맞춰 줄 리 없었다.

'어쩐다?'

시간이 빡빡해지자 고민에 빠졌다. 어쨌든 손님이 우선이다. 고객을 기다리게 하는 건 셰프의 기본이 아닌 것. 조금만 더 기다려 보고 갈까 싶을 때 녹화의 휴식이 선언되었다.

"혜주 씨, 송 셰프 오셨어."

매니저가 김혜주를 불렀다.

"셰프님."

김혜주가 다가왔다. 방송국에서 보는 그녀는 포스가 달랐다.

메이크업에 의상까지 제대로였으니 정말이지 여신이 다가오는
것 같았다.

"이거……."

간식부터 내밀었다.

"뭐죠?"

"간단한 요깃거리를 좀 가져왔어요."

"셰프님 요기라면 사양할 수 없죠."

김혜주가 포장을 풀었다.

"와아."

감탄은 자동이었다.

"뭔데요?"

같이 녹화를 하던 연기자들이 다가왔다.

"우와, 이게 다 뭐야?"

우아한 캐비어 주먹밥에 더 우아한 라비올리. 심플한 구성이
지만 그들의 시선을 뺏기에는 충분했다.

"우리 어머니와 내 전속이신 송윤기 셰프님이셔. 이번에 세계
최고의 요리 대회 본선도 진출하셨고."

김혜주가 설명하지만 그들의 관심은 주먹밥에 있었다. 김혜주
의 허락이 나오기도 전에 하나씩 집어 든다.

"어머."

"이야, 이거……?"

다들 눈이 휘둥그레진다.

"이거 진짜 주먹밥 맞아요?"

"위에 까만 거 캐비어인 줄 알았는데 간장 맛이 나네?"

"이거 옛날에 할머니가 따뜻한 밥 위에다 계란 노른자 올리고 간장에 참기름 한 방울 넣어서 비벼 주던 그 맛이야."

"이 라비올라는요? 짭조름한 간장 맛에 탱글한 새우… 그리고 이 노란 알은… 망고잖아?"

여기저기서 감탄이 이어진다.

"그러게 내가 뭐랬어. 내 전속 셰프님이시라니까."

목에 힘을 준 김혜주, 그제야 시식에 들어갔다.

"……?"

그녀도 맛에 소스라친다. 그래야 했다. 평범한 주먹밥이라면 윤기가 만들어 올 필요가 없었다.

"셰프님."

"마음에 드세요?"

"드는 정도가 아니잖아요? 이거 우리가 먹는 그 쌀밥 맞아요? 아니죠?"

"그 쌀 맞습니다. 다만 몇 가지를 섞었죠."

"쌀을 여러 가지 섞으면 이런 맛이 나는 건가요?"

"그건 아니고… 라비올리가 분자요리다 보니 그 기법을 적용했죠. 녹말의 알파화라는 걸 극대화시켰어요."

"분자요리?"

"주먹밥은 공기로 만들어야 맛이 좋아요. 그러자면 밥알 사이에 공기를 넣어 줘야 하죠. 그렇다고 밥알을 하나하나 떼어 놓을 수는 없잖아요? 그래서 밥을 지을 때 그런 조건을 만들어 준 거죠. 강한 화력으로 쌀알을 세워 버린 겁니다."

"쌀을 세워요?"

"그래야 공기가 들어갈 공간이 많아지거든요. 쌀을 여러 가지 넣은 건 맛의 변화 때문이에요. 밥맛도 조금씩 다르거든요. 같은 쌀만 쓰면 미각이 심심해해요. 그런 다음에 거품을 다루듯 부드러운 손길로 쥐어 낸 거죠."

"와아."

"그냥 먹으면 심심할 것 같아서 분자요리 기법으로 만든 간장 소스 캐비어를 올렸어요. 상큼한 솔향의 잣가루와 함께."

"이 음료는요? 굉장히 개운해요."

"식혜와 숭늉의 비율을 맞춰 분자요리 기법을 가미한 거예요. 원심분리를 해서 쌀알을 제거해 마시기 편하게 만들었고요."

"갈증에 딱이네. 이거 음료로 만들면 대박 나겠어요."

"만들까요?"

"그러세요. 투자자라든가 필요한 사람 있으면 제가 소개해 드릴게요."

"정말요?"

"절대 농담 아니거든요."

"실은 다른 사람들 소개가 좀 필요해서요."

"다른 사람?"

"그게……."

윤기가 저간의 사정을 전했다.

"저런."

이야기를 들은 김혜주가 안타까운 표정을 지었다.

"신마 호텔… 쿨한 곳인 줄 알았더니 그게 아니네. 그건 완전 의도적이잖아요? 비슷한 테마에 똑같은 가격, 같은 시기……."

"아무래도 그런 것 같습니다. 좀 도와주세요."

"그러니까 첫날 제 지인들을 좀 몰아 달라?"

"네. 다른 분에게도 부탁해서 다 빈치와 코드와 들어맞는 고객 이슈를 형성할 생각입니다. 그래야만 저쪽 물량 공세에 밀리지 않을 수 있거든요."

"잠깐만요."

김혜주가 핸드폰을 꺼냈다.

"우리 멤버들 리더는 봉순호 감독님이세요. 다들 개성이 강해서 남의 얘기 잘 듣는 편은 아닌데 영감 얻는 일 좋아하는 데다 저랑은 막역하니까 한번 요청해 볼게요."

"잘 부탁드립니다."

"걱정 마세요. 게다가 주먹밥도 얻어먹은 처지고……."

―어? 혜주 씨.

김혜주 핸드폰 스피커에서 남자 목소리가 나왔다.

"저에요. 잘 계시죠."

김혜주가 통화를 시작한다.

"그래요?"

김혜주가 윤기를 돌아보았다. 느낌은 좋지 않았다.

"어쩌죠?"

김혜주의 표정이 굳어 있다. 틀려도 좋을 예감이 맞아떨어지는 모양이었다.

"실은 신마호텔에서 그 이벤트 무료 시식권을 보내 왔대요. 멤버들 전체에게. 그래서 거기 가 보려고 생각 중이라네요."

"……!"

아뿔싸.

탄식이 목을 타고 넘어갔다. 확실히 신마의 인프라는 그랑 서울과는 비교 불가의 클래스였다.

"바꿔 달라는데 한번 통화해 보실래요?"

김혜주가 핸드폰을 넘겨 주었다.

─송윤기 셰프님?

"네. 안녕하세요?"

─얘기 많이 들었습니다. 요리 솜씨가 탁월하다고요?

"감사합니다."

─혜주 씨에게 대략 얘기는 들었는데 신마호텔과 같은 날 요리 이벤트를 하신다고요?

"예."

─경쟁이군요.

"……."

─두당 가격이 얼마죠?

"38만 원입니다."

"세네. 그쪽도 무료 시식권 기증 조건인가요?

무료 시식권.

할 수 있었다. 하지만 공짜 공세로 이기는 건 의미가 없었다.

"요리는 제게 있어 하나의 작품입니다. 공짜로 내돌리지 못합니다. 그러나 요리에 만족하지 못하시면 계산을 하지 않는 것은 무방합니다."

─그건 모양새가 다르잖아요?

"영감을 얻는 활동을 좋아하신다고 들었습니다. 저희 이벤트 테마가 다 빈치의 영감인데 공짜로 얻은 영감은 오래가지 못하거든요. 죄송합니다."

전화를 김혜주에게 넘겼다.

"애써 주셔서 고맙습니다."

인사를 남기고 돌아섰다. 바쁜 김혜주를 더 곤란하게 할 생각은 없었다.

차를 타려고 할 때였다. 김혜주가 달려와 윤기 팔을 잡았다.

"몇 번을 불렀는데 못 들었어요?"

"예?"

"봉순호 감독님 말이에요."

"무료 시식권 얘기라면……."

"그 얘기 맞아요."

"그거라면 감독님께 설명을 드렸습니다만."

"공짜로 얻은 영감은 오래가지 못한다?"

"……."

"그게 마음에 들었다네요. 봉 감독님 멤버들 전부 예약하겠답니다."

제2장
—
언더독의 반란

"정말입니까?"

윤기 목소리에 생기가 돌았다.

"감독님이 우리 어머니께 먹여 준 흡입 스테이크에 대해 묻더군요. 그거 셰프님이 만든 거 맞냐고. 그렇다고 말씀드렸더니 바로 결정해 주셨어요. 그런 레어 아이템 창의성이라면 38만 원 플러스, 시간 낼 만하겠다고."

"......"

"무료 시식권 얘기 꺼낸 건 자부심을 보고 싶어서 그랬대요. 그분 실은 원가 없이 연기자들의 재능을 쓰려는 사람을 굉장히 싫어하거든요. 신마에 간다는 건 농담이었고 셰프님이 무료 시식권 제공하겠다고 했으면 딱지 맞았을 거예요."

"......"

"그 정도로 되나요? 제가 몇 명쯤은 더 거들어 드릴 수 있는 데……."

"김혜주 님 추천이면 무조건 환영이죠."

"아아, 언제까지 김혜주 님? 이제부터 누나라고 불러요. 알고 보니 누나 없는 외동아들이라면서?"

"그래도 될까요?"

"우리 엄마 소원 들어준 사람이잖아요? 그 정도면 혈육의 정에 못지않아요."

"하지만 김혜주 님도 존댓말을……."

"알았어. 내 동생 송윤기 셰프. 이제 됐어?"

"네. 누나."

"영감 요리라고 하니 마술사 최연우하고 피아니스트 손열음 푸시해 줄게. 나랑은 좀 통하는 사이거든."

"우와."

"그렇잖아도 데려가려고 알아보던 참이었어. 맛집 맛집 하지만 송 셰프 요리에 비하겠어? 게다가 곧 보스키 도르 대회까지 석권할 몸이신데?"

"꼭 그렇게 되도록 하겠습니다."

"그럼 가 봐. 나도 녹화 마쳐야 해서."

"고마워요, 누나."

"뭘, 나도 동생 덕분에 녹화장에서 인기 좀 끌었는데."

김혜주가 웃으며 돌아섰다.

하아.

길고 긴 안도의 숨이 나왔다.

영화감독 봉순호와 창작 전문가들. 인기 마술사 최연우와 최고 뮤지션 손열음…….

와 주기만 한다면.

대박.

신마호텔에서 대통령을 데려온다고 해도 꿀리지 않을 포진이었다. 더구나 무료 시식권 남발해서 모시는 손님이 아니라 정당한 예약이었다.

'신마호텔…….'

당신들…….

스스로 무덤을 판 거야.

윤기 차의 시동은 올 때보다 힘차게 걸렸다.

"셰프님."

퇴근 시간, 리폼 팀원들과 함께 대형 현수막 앞에 섰다. 마침내 그랑 서울도 윤기 이미지를 앞세운 현수막을 걸었다. 초대형이었다. 그러나 글자가 반전체였고 윤기 사진도 거꾸로였다.

"솔직히 말해 봐. 느낌 어때?"

묻는 윤기의 시선은 현수막에 꽂혀 있었다.

"진짜 솔직히 말해도 돼요?"

재걸이 물었다.

"그럼."

"당연히 지죠. 신마호텔 총주방장은 유럽 최고의 레스토랑, 그중에서도 손꼽히는 폴 보스키의 수셰프 출신이래요. 그 오른팔은 작년 홍콩 국제대회 금메달에 빛나는 강형우."

"야."

창혁이 발끈했다.

"네가 뭘 알아, 자식아."

갑자기 화를 내는 창혁이었다.

"우리 송 셰프님은 기적을 일으키신 분이야. 두 팔의 경련을 딛고 우뚝 서셨다고. 듣보잡에 불과한 그랑 서울 요리를 이만큼 부각시키셨다고."

"그러니까요."

"뭐야?"

"저도 공감해요. 그러니까 제 말은 다른 사람들 생각이 그렇다고요."

"뭐?"

"요리 배우는 제 친구들도 그랬어요. 솔까 우리 송 셰프님이 아무리 발버둥 쳐도 신마호텔에는 안 된다고. 그래서 제가 말해 줬어요."

"뭐라고?"

"조까라고요."

"……?"

"리폼 팀 온 지 얼마 안 됐지만 저는 믿어요. 호텔 자체는 신마호텔을 이길 수 없지만 요리만큼은… 그거 하나는 신마호텔 넘어설 수 있다고."

재걸은 나름 비장했다.

"아, 이 자식, 말본새 한 번 우리 송 셰프 요리만큼이나 맛깔스럽게 하네."

경모가 재걸의 머리를 문질렀다.

"선배님도 그래요?"

윤기가 확인에 들어간다.

"내 마음이 재걸이 마음이야. 신마 호텔… 상대 잘못 골랐어. 깝죽거리던 내 꼴 날걸?"

"그래요. 다들 그 자세로 임해 주세요. 거꾸로 새긴 저 현수막처럼 우리가 한번 뒤집어 보자고요. 호텔의 별이 호텔의 요리를 좌우하는 건 아니라는 거."

"야. 다들 모여. 우리 한따까리 하자."

경모가 주동이 되어 손을 내밀었다. 모두의 손이 그 위에 포개졌다.

"씨파, 송 셰프도 손 올려. 우리 캡틴이잖아?"

경모가 원하니 윤기도 손을 포개 주었다.

"어머, 저도 끼워 줘요."

한발 늦게 나오던 주희가 손을 흔들었다.

"그럼 빨리 와요."

창혁이 소리쳤다.

숄더백을 사선으로 멘 주희도 흰 손을 보탰다.

"셋 하면 복창이다. 리폼은 천하무적. 하나, 둘, 셋."

"리폼은 천하무적!"

모두의 함성이 대형 현수막을 흔들었다.

"나오라 그래요. 저까짓 신마호텔."

주희가 악을 쓴다.

그래.

엎어 버린다.

그까짓 스펙, 그까짓 차이.

"대박."

다음 날 아침, 에르베가 들어서면서 날린 '한국어'였다. 그의
손에는 르 몽드지의 출력물이 들려 있었다.

"송 셰프."

그걸 윤기에게 건네준다.

"뭐예요?"

창혁이 다가왔다.

[요리의 악마 안드레아, 그 맛의 완벽 부활]

[보스키 도르 종신심사 위원 추천전이 건진 또 한 번의 쾌거]

[모험적인 밀푀유로 심사 위원들의 미각 장악]

타이틀과 소제목들이 눈을 차고 들어온다. 그것들은 에르베
의 입을 통해 띄엄띄엄 한국어로 통역되었다.

"우와."

다음 장은 통역이 필요 없었다. 윤기의 이미지였다. 파란 조리
복을 입고 식재료를 준비하는 과정부터 심사 위원들에게 요리를
설명하는 것까지. 당당하고 우뚝한 모습이 거기 있었다.

그 뒤로 이어지는 건 빅토르 위고의 애정 요리들이었다. 사진
의 각도와 강조점은 완벽했다. 이상백의 기사보다도 한 수 위가

아닐 수 없었다.

"베르나르 기자, 프랑스에서는 알아주는 요리통이지. 대체 어떻게 녹였길래 이런 기사가 나온 거야?"

에르베가 괜한 으름장을 놓았다.

"사무엘 덕분이죠."

윤기가 훅 질러 갔다.

"사무엘? 우리 프랑스 요리 칼럼의 대가?"

"베르나르가 그분 밑에서 기자 생활을 시작했더라고요."

"송 셰프는 어떻게 사무엘을 아는데?"

"그분 칼럼을 공부했었죠. 안드레아를 공부하려면 뺄 수 없는 코스 아닌가요?"

"……!"

에르베는 단숨에 압도되었다. 그 말은 진리였다. 사무엘은 안드레아의 요리 기사로 전성기를 누렸다고 할 수 있는 사람이었다.

다른 기자들이 접근할 수 없는 요리도 그에게는 허락이 되었다. 그렇기에 안드레아 요리의 번외 레시피라고도 불렸다. 안드레아의 추한 이면이 드러나기 전까지는.

"개짜증 나."

이어진 말도 한국어였다. 모두가 황당해하자 에르베가 명규를 바라보았다.

"명규가 했던 말이잖아? 개짜증"

"……."

명규가 고개를 숙인다. 비속어들의 출처는 명규였던 모양이었다.

"이건 더 따끈해. 베르나르의 기사 속에 뉴욕 타임스 알버트 기자 언급이 있길래 혹시나 했는데 약간의 시차를 두고 뉴욕타임스에도……."

에르베가 내놓은 2탄. 이번에는 뉴욕타임스 알버트의 특집기사였다.

"와아……."

리폼 팀원은 애가 녹아날 지경이었다. 두 신문의 요리 파괴력은 한국의 신문들과 클래스가 달랐다. 더구나 두 기자는 초베테랑 미식 전문기자. 그런 기자들이 쏟아 놓은 '인증'이었으니 또 하나의 쾌거가 아닐 수 없었다.

"셰프님……."

창혁은 좋아 어쩔 줄을 모른다.

"뭐야? 그 눈빛은?"

"축하드려요."

"고맙지만 그냥 부가적인 거잖아? 괜한데 취하지 말고 요리 준비. 신마호텔하고 전면전을 앞두고 있는 거 몰라?"

윤기는 취하지 않았다. 그러나 고마웠다. 이건 팀원들의 사기 고조에 도움이 되는 일이었다. 이벤트처럼 큰 연회는 윤기 혼자 힘으로 감당할 수 있는 게 아니었다.

팀워크.

그게 필요했다.

"축하해요."

아침 인사를 온 이리나와 주희 눈에도 별이 반짝거렸다. 외국

신문의 기사다 보니 국내 신문의 기사보다 크게 와닿는 모양이었다.

"변주희."

이리나가 주희를 바라보았다.

"네?"

"요즘 공부 좀 하던데 르 몽드 읽을 수 있어?"

이리나의 목에 힘이 들어갔다. 불어 좀 하는 이리나. 리폼 팀 앞에서 폼 좀 잡으려는 속셈이었다. 팀원들의 시선이 주희에게 쏠렸다. 가엾은 주희, 아침부터 또 이리나의 밥이 되는구나, 그런 눈빛들이었지만……

"요리의 악마 안드레아 셰프… 그 심오한 맛의 완벽 부활… 밀푀유 하나로 심사 위원들을 매료시키다?"

"……?"

번역을 들은 이리나의 얼굴이 굳어 버렸다. 거의 완벽한 번역이 나온 것이다.

"뭐야? 오기 전에 번역기 돌려봤어?"

"지금 처음 봤는데요?"

"그런데……?"

"틀렸나요?"

주희가 윤기를 바라보았다.

"퍼펙트했어요."

윤기가 엄지척을 쾌척한다.

"빨리 와. 카트 체크해야지."

무안해진 이리나가 먼저 자리를 떴다.

"제 번역 진짜 괜찮았어요?"

주희가 다시 물었다. 윤기는 에르베의 의견을 구했다. 윤기의 불어는 원어민 이상이지만 프랑스 사람은 아니었다. 이럴 때는 에르베의 의견이 더 먹힐 수밖에 없었다.

"대박."

에르베는 또 한국어로 인증을 했다.

"와아……."

주희가 얼굴을 붉힌다. 그제야 마음이 놓이는 모양이었다.

"그런데 셰프님."

"네?"

"신마호텔 말이에요, 그쪽 현수막에 걸린 두 셰프……."

"그게 왜요?"

"아침에 보다가 생각이 났는데 셰프님이 싱가포르에 간 날 우리 호텔에 왔었어요."

"진짜요?"

윤기보다 팀원들이 먼저 반응했다.

"100% 확신은 아니지만 틀림없어요. 세 사람이 와서 각자 다른 메뉴를 두 개씩, 겹치지 않게 시켰거든요. 보통은 메뉴를 통일하거나 하나 정도 다르게 초이스하는데 전부 다른 메뉴를 시켜서 기억에 있어요."

"그래요?"

"굉장히 개성적이라 지켜봤는데 먹지는 않고 분석을 하는 것 같더라고요."

"뭐야? 그럼 우리 요리 염탐 온 거였네?"

경모의 흥분 지수가 확 올라갔다.

"아닐 수도 있잖아요? 요리 준비나 하자고요."

경모를 달래놓고 주희를 앞세워 보안실로 향했다.

"송 셰프님."

화면을 체크 중이던 육 대리가 반색을 했다. 주희가 상황 설명을 하자 육 대리가 검색에 들어갔다. 윤기가 공석이던 날이었다.

"몇 시경이었죠?"

"오후 2시경요. 런치 타임 손님들이 빠지던 때라 저도 숨을 돌리던 때였어요."

"2시경에 8번 테이블이라……."

육 대리가 화면을 탐색한다. 그러자 주희가 먼저 화면을 짚었다.

"이 사람들이에요."

윤기의 시선이 화면에 꽂힌다. 신마호텔의 총주방장 리차드 손과 강형우 셰프. 서로 만난 적은 없었다. 리차드 손의 사진은 두 번 정도 보았다. 일 년에 두 번 정도 이벤트를 할 때였다. 그때마다 대형 홍보 현수막이 걸렸었다. 그 역시 손목 장애의 윤기에게는 동경의 대상이었다.

그 얼굴이 윤기의 요리 앞에 앉아 있었다. 동석한 한 사람은 40대의 신사. 아마도 신마호텔의 식음료부 이사나 부장쯤으로 보였다.

주희의 말 그대로였다. 리폼에서 대표적인 여섯 가지 요리를 시켰다. 먹기는 하지만 테스트 수준이었다. 한 점씩 먹으며 품평을 하고 있었다.

그들은 의도적이다.

감정적인 추측이 아니었다.

그들이 이벤트를 하던 시기가 아니었으니 우연의 일치일 수가 없었다.

이제는 물증까지 생겼다. 총주방장이 몸소 출동을 했다? 그건 문제없다. 셰프들도 유명한 셰프의 요리 먹는 걸 즐긴다. 그 레시피에서 영감을 얻으려는 것이다.

문제는 그들이 윤기의 요리를 먹은 게 아니었다는 것. 맛만 보고 분해(?)를 했다. 팀원들 말대로 사전 답사를 나온 게 분명했다.

'땡큐.'

윤기가 웃었다. 그것은 그들도 윤기를 의식하고 있다는 뜻이었다. 그렇지 않다면 단체 답사를 오지 않았을 테니까.

"주희 씨."

그들이 나가는 화면까지 확인한 후에 윤기 입이 열렸다.

"네?"

"저분들 온 시간에 예약 좀 넣어 주세요. 신마호텔에."

"네?"

"같이 답방 가자고요."

"셰프님."

"맞상대들인데 우리도 예의는 갖춰야죠."

윤기 목소리는 의미심장했다.

"떨려요."

신마호텔 앞에서 주희가 호흡을 골랐다.

"많이 불편하면 저 혼자 들어갈게요."

윤기가 대안을 제시했다.

"아, 아니에요. 어떻게 셰프님 혼자 보내요. 무슨 일 생기면 제가 막아야죠."

"네?"

"아, 아뇨. 조크……."

주희가 황급히 수습을 했다.

신마호텔의 초대형 현수막 앞에 섰다. 리차드 손과 강형우의 모습이 우뚝해 보였다. 가만히 그랑 서울의 것을 돌아본다. 윤기 혼자 거꾸로 섰다. 글자들도 거꾸로 박혔다.

"현수막부터 우리가 승인데요?"

윤기가 웃었다.

"네?"

"참신하잖아요? 미식가들은 참신한 걸 좋아하니까."

"아우, 셰프님은 진짜 강심장인가 봐요."

"괜찮아졌으면 들어가 볼까요?"

"네."

주희 대답이 또렷해졌다. 긴장이 풀린 모양이었다.

신마호텔의 다이닝룸은 처음이었다. 입구의 서버부터 괜찮았다. 안쪽 인테리어도 고급져 보인다. 하지만 응대 수준은 평범하다. 예약을 확인하는 방법부터 그랬다.

"8번 테이블은 모자이크 그림 앞쪽입니다."

안내하는 대로 자리를 잡았다.

[와규 등심 스테이크]
[모듬 그릴 채소 특선]
[스크럼블 에그]
[라따뚜이]
[트러플 매쉬드 포테이토]
[토마토 파스타]

여섯 가지 주문을 넣었다.

"드세요."

요리가 나오자 주희에게 권했다.

"셰프님은요?"

"저는 이미 먹었습니다."

윤기가 웃었다. 플레이팅에 더불어 요리의 향미, 그리고 요리 상태. 그거면 충분했다. 입으로 넣어야만 맛을 알 수 있는 건 아니었다.

"그래서 저한테 점심 먹지 말라고 한 거였어요?"

"아마도요."

"이거 먹는 게 제 역할이죠?"

"꼭 그런 건 아니지만 버릴 수는 없잖아요?"

"알았어요. 제가 냉정하게 판단해 볼게요."

주희가 팔을 걷어붙였다.

"음… 스테이크는 LGY의 반도 못 쫓아오고요… 라따뚜이하고 트러플 포테이토는 나쁘지 않아요. 채소는 기대 이하, 하지만 파스타는 좋네요."

시식을 마친 주희가 총평을 쏟아냈다. 그 평은 윤기와 결을 같이했다. 주희의 미각도 나쁜 편은 아니었다.

"더는 못 먹겠어요."

주희가 손을 들었다. 원래도 양이 많은 편이 아니니 나름 선방이었다.

"그럼 가실까요?"

윤기가 의자를 뺄 때였다. 저만치서 다가오는 리차드 손 셰프가 보였다. 혹시나 싶었는데 윤기 테이블 앞에서 걸음을 멈췄다.

"그랑 서울?"

그의 표정근이 살짝 뒤틀렸다. 윤기를 기억하는 눈치였다.

"안녕하세요?"

"……?"

"제가 없을 때 저희 요리를 드시고 가셨다기에 답례차 답방을 왔습니다."

"무슨 소리를 하는 거요?"

리차드 손이 정색을 했다.

"저희 호텔에 오셨던 게 아니었나요?"

"내가?"

"예. 저희 직원들이 보았다고……."

"이봐요, 젊은 친구."

"예?"

"무슨 의도인지 모르겠지만 내가 거길 왜 갑니까?"

"하지만 우리 직원들이……."

"보아하니 우리 이벤트에 묻어 가고 싶은 눈치인데 괜한 사람 엮지 말아요. 나 폴 보스키 레스토랑 수셰프 출신의 리차드 손입니다. 그랑 서울 따위는 안중에도 없어요."

따위?

"이봐요. 제가 분명……."

듣고 있던 주희가 먼저 발끈하며 튀었다. 윤기가 슬쩍 제지를 했다.

"폴 보스키 말입니다. 그분이라면 그런 식으로 상대 셰프를 비하하지는 않는 것으로 알고 있는데요? 그게 아무리 어린 신예라고 해도."

"뭐야?"

"거기 수셰프 출신이라면서요? 그럼 누구보다 잘 알 것 아닙니까?"

윤기의 눈이 리차드 손을 겨누었다. 전생도 폴 보스키를 안다. 그와 의기투합해 3박 4일로 신메뉴만 구상한 적도 있었다.

"만약 모른다면……."

시선을 고정시킨 윤기가 다음 말을 이어 놓았다.

"거기 수셰프 출신이 아닌 거지요."

"어디서 폴 보스키 셰프의 평전이라도 들춰 본 모양이군요?"

리차드 손의 입가에 야릇한 미소가 스쳐 갔다.

"그러면 안 됩니까?"

"보스키 레스토랑에서는 그렇지. 거기 셰프들은 다 출중하니까. 하지만 한국은 아닙니다."

"셰프들 수준이 떨어진다?"

"보스키 도르 종신 심사 위원전에서 위너가 되었다고요?"

"그렇습니다만."

"거긴 후원자들의 입김이 미치는 곳이지요. 그러니 그 사람과 작당하거나 우연히 기호에 맞으면 위너가 될 수도 있어요."

"너무 불손한 말 아닙니까?"

"실제 있었던 일을 말해 주는 것뿐입니다만."

"좋아요. 누가 묻어 가는 건지는 이벤트 끝나면 알게 되겠지요. 부디 폴 보스키 출신의 명예 사수에 성공하시기를 바랍니다."

논쟁을 끝내고 돌아섰다. 셰프는 오직 요리로 말한다. 그것보다 더 중요한 건 없었다.

'리차드 손, 당신, 상대를 잘못 고른 거야.'

윤기는 그 각오를 잊지 않았다.

"어휴, 저 뻔뻔한 것 좀 보라죠. CCTV 화면 카피 떠올 걸 그랬어요."

"그래서 뭐 하게요?"

"뭐 하긴요? 시치미를 떼고 사람을 비하하니까 그렇죠."

"그냥 이해하세요. 아무튼 고마운 사람이니까."

"뭐가 고마운데요?"

"우리를 부각시켜 주잖아요."

"셰프님."

"내 말 틀렸어요? 우리 호텔 단독 이벤트보다 훨씬 더 많은 사람들의 관심을 끌게 되었어요. 우리 팀원들 결의도 더 뜨겁게 만들었고."

"셰프님……."

"그러니까 여기 온 건 견제구 정도로 만족하세요."

"견제구라면?"

"주희 씨."

"네?"

"불어 말이에요, 많이 늘었더라고요?"

윤기가 화제를 돌렸다.

"뭐 그래 봤자 셰프님 앞에서는……."

"작년의 나보다 백 배는 나은데 왜요?"

"아까는 운이 좋았어요. 단어들이 바로바로 생각이 났거든요."

"그게 바로 실력이라는 거예요."

"뭐 조금 는 것 같기는 해요. 요즘은 프랑스 게스트들이 반갑
거든요. 전에는 오더만 받고 바로 물러서기 바빴는데……."

이야기를 하는 동안 호텔에 도착했다.

"송 셰프님."

홀에 있던 이리나가 손을 흔들며 다가왔다.

"대박이에요, 굉장한 손님들이 예약 신청을 해 왔어요."

이리나답지 않게 흥분하고 있었다.

"누구죠?"

윤기가 짐짓 물었다.

"봉순호 감독님 알죠? 저 유명한 영화감독님요."

"알죠."

"그분이 전화를 걸어왔어요. 지인 몇 분이랑 올 건데 호젓한

테이블로 부탁한다고요."

"그래서 들뜬 건가요?"

"그럼요. 요즘 제일 잘나가는 감독이잖아요."

"그럼 강심제 같은 것 좀 먹어 두세요."

"강심제는 왜요?"

"그분 못지않은 분들이 예약 전화를 해 올 거거든요. 마술사 최연우에 뮤지션 손열음 같은 분들……."

"예?"

"팀장님."

윤기 말이 떨어지기가 무서웠다. 예약석의 여직원이 비명처럼 소리를 질렀다.

"피아니스트 손열음 씨래요. 두 자리 예약이에요."

"손열음?"

그 또한 지명도 높은 피아니스트. 이리나가 몸서리칠 정도로 저명했다.

"셰프님."

이리나의 넋은 반쯤 가출하고 있었다. 윤기의 예측이 정확하게 들어맞은 것이다.

이건 김혜주 덕분이다.

[누나, 고마워요.]

답문을 보내는 동안에도 쾌거는 진행되었다. 전송화 화백과 김민영 등의 협조였다. 전송화 화백에게도 부탁을 해 두었다.

상대가 대놓고 도발하니 윤기도 총력으로 나갈 수밖에 없었다.

"뉴욕 초대전 신예 화가 오상진 씨 예약이에요."

"인기 웹툰 작가 오석과 메타버스 플랫폼 개발자 나승진 예약입니다."

"바이올리니스트 장경화 씨 외 두 분요."

"뮤지컬 '네 인생은 내가 훔칠까?'의 주연 남녀 배우 예약 들어왔어요."

낭보가 이어진다.

"그럼 수고하세요."

담담하게 이리나를 지나쳤다. 같이 감탄하고 있을 때가 아니었다.

윤기는 식재료 체크에 돌입했다. 2차례로 예정되었던 이벤트가 3배로 늘었다. 신마호텔과 경쟁이 되면서 식재료의 증가가 불가피해진 상황. 식재료부터 확보해야 했다.

"김 사장님."

―어, 셰프님?

"저희 식재료 변동량 통보받으셨죠?"

―받았죠. 나무 형성층 제대로 확보해 달라고.

"식용꽃도 몇 가지 추가해 주세요."

―꽃도요?

"발주서 보내 드릴 건데요, 주키니 호박꽃이 필요해요. 아, 돌미나리꽃은 대량으로 필요하고요."

―되려나 모르겠네.

"미라클프루트와 인도산 김네마차도요."

─김네마차는 급하게 구하기 어려운데…….

"무조건 되셔야 해요. 대신 이벤트 끝나면 사장님 가족들 LGY 스테이크 한번 모실게요."

─흐음, 그렇다면 목숨 걸어야겠군요. 우리 중학생 딸이 그거 굉장히 좋아하는 눈치더라고요.

다짐을 놓고 통화를 끝냈다. 김풍원 사장은 책임감이 강하다. 식재료를 보는 눈도 좋은 편이다. 식재료 걱정은 일단 내려놓는 윤기였다.

잠시 쉬는 시간에도 새 메뉴에 집중했다. 메인은 레오나르도 다 빈치다. 그건 불변이다.

그것 외에 신박한 자극을 올릴 생각이었다. 창작자와 연기자들, 그들의 감성에 자극이 될 메뉴. 기발하다거나 재미난 맛 쪽으로 방향을 끌고 갔다.

나무의 형성층으로 만드는 나무칩 튀김은 재미나다. 그게 나무라는 걸 알기 힘들기 때문이었다. 하지만 그 정도로는 약했다. 모두의 흥미를 끌 수 있는 맛. 동시에 애피타이저 분위기를 극대화할 수 있는 메뉴…….

음료도 필요했다. 다 빈치 시대를 상징할 수 있는 '마르살라' 와인과 '앙리 나터 클라시크 블랑'을 준비했지만 그 이상이 필요했다.

[분자요리]

그걸 시도할 생각이었다. 한편으로 다 빈치라는 캐릭터는 재미나다. 이것저것 손대지 않는 게 없다. 그러니 재미난 변조 또한 그 캐릭터와 잘 부합된다. 특히 메인 메뉴를 즐기기 전이라면 더욱.

미라클프루트를 꺼내 놓고 레몬을 잘랐다. 레몬은 보는 것만으로도 침이 고인다. 그러나 미라클프루트라면 이야기가 달라진다. 최연우만 마술을 부리는 게 아니다. 윤기도 마술을 부릴 수 있었다.

"창혁아."

"네?"

"이거 한번 먹어 봐."

윤기가 미라클프루트를 건네주었다.

"맛을 보는 건가요?"

"아니, 내 마술을 체험하는 거야."

"마술 체험요?"

채소를 다듬던 명규도 솔깃한다.

"이번에는 이것."

다음 먹거리는 레몬 슬라이스였다.

"앗, 저 레몬 별로인데……."

창혁이 몸을 사린다.

"그럼 추가."

윤기가 분량을 추가했다.

"셰프님."

"마술이라니까. 나 믿고 먹어 봐."

"레몬 정말 싫은데……."

창혁이 두 눈 꾹 감고 레몬을 물었다.

"어?"

미리 몸서리치던 창혁이 눈을 번쩍 떴다.

"레몬에 설탕 뿌렸어요?"

"아니."

"그런데 레몬이 달아요."

"진짜?"

이번에는 명규가 테스트를 자청한다.

"정말이네?"

명규 표정도 뻘�쭘해진다.

"미라클프루트의 마법이야. 이걸 먹고 난 다음에 신 걸 먹으면 단맛이 나거든."

"와아."

"이번에는 반대로 가 볼까?"

윤기가 차를 두 잔 따랐다. 김네마차였다.

"그냥 차네?"

창혁과 명규가 중얼거린다.

"재걸아, 솜사탕 하나만 뽑아 와. 초미니로."

윤기가 말하자 재걸이 지시를 받았다.

"뭐야?"

솜사탕을 먹은 두 사람이 얼어붙었다. 솜사탕을 먹었지만 솜사탕 맛이 아니었다.

"어때?"

"분자요리로군요?"

눈치 빠른 창혁이 감을 잡았다. 물론 명규도 모르는 눈치는
아니었다.

"맞아. 분자요리 원리 중의 하나, 맛의 상호작용이야."

"다른 거 없나요?"

창혁의 호기심이 발동을 한다.

"좀 센 걸로 보여 줄까?"

"네."

"그럼 이게 제격이지."

윤기가 민트 잎을 내밀었다.

"에엡."

몇 번 씹던 창혁이 화들짝 놀란다.

"뭔데?"

명규도 시도하지만 다르지 않았다.

"맛이 기괴해요."

창혁이 울상을 지었다.

"우주의 맛처럼 혼란스러운 맛이지?"

"네."

"민트와 초코를 즐기는 사람에게도 이 난이도는 좀 센 편이
야. 이름하여 민트고추."

윤기가 민트 잎을 흔들어 보였다. 민트는 상큼하다. 박하 종류
의 맛이 대개 그렇다. 초콜릿과 같이 먹으면 민초가 된다. 유래
는 오래되었다. 호불호는 굉장히 강하다. 그 호불호보다 더 강한
게 바로 민트고추 조합이었다.

궁금하시다고요?

그럼 한번 시도해 보시라고요.

[영감]
[발상의 전환]
[창의성의 점등]

윤기는 확신했다. 새로운 발상을 찾으려는 사람들. 그들이 다빈치 이벤트를 찾는 건 행운이었다. 윤기를 돕는 게 아니라 그들 스스로는 돕는 일이다.

영감이라는 건 뭔가 새로운 현상을 만났을 때 자극을 받는다. 혹은 반대의 경우도 그렇다. 그립거나 애달프던 순간의 장면에 빠져도 유사하다. 후자는 개인의 일이라 윤기가 개입할 수 없지만 전자는 요리사의 손으로 만들 수 있었다. 요리도 영화처럼, 대자연의 체험처럼, 누군가에게 완전하게 새로움을 줄 수 있는 것이다.

다음은 음료 구상에 들어갔다. 와인 한 잔이라도 밋밋하게 와인잔에 따를 생각은 없었다. 이 또한 분자요리로 구상을 했다.

서벗.

고체.

두 가지 그림을 그렸다. 마시는 와인이 아니라 떠먹는 와인, 혹은 입에 넣고 씹어 먹는 와인. 이 정도는 되어야 창작의 천재 다빈치와 어울릴 수 있었다.

"송 이사."

런치 타임 후에 잠깐 쉬는 시간, 최 조리부장이 들어왔다.

"부장님, 조리실에서 직함은……."

"뭐 내가 못 할 말 했나?"

"……."

"됐네. 부담스러우면 그냥 송 셰프라고 부를 테니까 걱정 말고."

"무슨 일이죠?"

"다 빈치 이벤트 지원 말이야, 대표님 말씀도 있고 해서 자원을 받았는데 진 팀장이 1번으로 자원을 했어. 거기에 마길영과 배산하… 일단 송 셰프가 검토를 해 줘야 할 것 같아서."

"진 팀장님이오?"

"나를 찾아와서 간청을 하더라고. 송 셰프에게 조금이라도 보탬이 되고 싶다고. 보아하니 최근에 요리 연구도 많이 하고 있고."

"요리 연구 말입니까?"

"늘 정시 퇴근 하길래 몸이 나은 딸이랑 놀아 주려고 그러나 했는데 직원들 부담 줄까 봐 집에 가서 했다더군. 어때? 이대로 확정해도 될까?"

"그러세요. 진 팀장님, 은서가 위기 넘긴 후로 많이 변하셨잖아요? 그런 마음으로 자원했으면 저도 고맙죠."

"오케이, 그럼 결재 난 거야?"

"결재씩이나… 아무튼 그렇습니다."

윤기가 정리했다. 최 조리부장은 바로 돌아갔다. 복도로 나오면서 조리 1팀을 들여다보았다. 진규태는 열심이었다. 표정만 봐도 그의 변화를 알 수 있다. 손질하던 재료를 놓고 손을 씻는다. 인터폰이 온 모양이었다. 그러고 보니 최근 들어 조리 1팀 요리에 대한 컴플레인도 줄었다고 들었다. 희망이라는 단어가 가져온 변화였다.

"송 셰프."

통화를 끝낸 진규태가 윤기 앞으로 나왔다.

"팀장님."

"고마워."

"뭐가요?"

"방금 부장님에게 연락받았어. 내 자원 받아 줬다고?"

"팀장님 같은 고급 자원이 도와준다는데 당연한 거 아닌가요?"

"고급은… 순 개구라 실력이었지. 나도 반성하고 있어."

"아무튼 고마워요. 이벤트 동안이지만 많이 도와주세요."

"오케이."

진규태는 흔쾌했다.

후문의 벤치에서 시원한 공기를 호흡할 때였다. 윤기 앞으로 커피 한 잔이 날아(?)들었다.

"……?"

커피가 윤기 앞에서 멈췄다. 창혁이 날린 드론이 범인이었다.

"드세요."

저만치에서 창혁이 소리친다. 오늘은 드론을 가지고 나온 모양이었다.

"드론 조종 끝내주네?"

"산림 촬영 대회 나가려고 연습 중이에요."

"으음… 드론 서빙을 받으니 맛이 더 좋아지는 거 같은데?"

"대부분 그렇게 말하더라고요. 실수하면 흘리거나 넘쳐서 탈이지."

"가만?"

주변을 선회하는 드론을 보던 윤기가 벌떡 일어섰다.

"왜요? 뭐가 잘못됐어요?"

"그게 아니고, 너, 드론으로 더 무거운 것도 운반할 수 있지?"

"가능하죠. 저 이래 봬도 1종 자격증 소지자예요."

창혁이 자부심을 뽐낸다. 1종이면 최상위 드론 조종사에 속했다.

"잠깐만."

윤기가 주방으로 달렸다. 거기서 접시를 들고 와 창혁에게 주었다.

"이거 가능할까?"

접시 위에는 방울토마토를 절반 정도 놓았다.

"가능하죠."

창혁이 접시의 위치를 잡았다. 그런 다음 드론 팔로 들어 올린다. 조종기를 움직이자 드론이 날아올랐다.

"셰프님, 손 벌리세요."

창혁의 말에 따르자 드론이 가까워졌다. 접시는 윤기의 손바닥 위에 고이 놓였다. 방울토마토 하나 쏟아지지 않았다.

'빙고.'

윤기 머리에 벼락 불빛 하나가 스쳐 갔다.

*   *   *

마지막 과제는 방송 출연이었다. 신마 쪽 셰프들은 2회 출연
이 예고되었다. 리차드 손이 공중파에 나오고 강형우가 케이블
에 나오는 예고편이 뜬 것이다.

방송 출연이 중요한 건 아니었지만 사기 문제가 있었다. 그렇
기에 설 대표가 백방으로 라인을 동원했다. 윤기도 이상백과 추
피디 등을 통해 가능성을 타진해 보았다.

"출연 제의를 한 곳이 있기는 한데……."

휴게실의 설 대표가 찜찜한 표정을 지었다. 한 곳은 녹화라
다 빈치 이벤트가 끝난 후에 방영 예정이고 또 한 곳은 요리가
아니라 들러리 출연이었다.

이상백과 추 피디가 주선한 곳도 비슷했다. 이벤트 일자가 코
앞이기에 방영 일자 조절이 어려운 게 방송의 현실이었다.

"셰프님."

그때 주희가 다가왔다.

"손님이 잠시 뵈었으면 하세요."

일단은 고객이 우선이다. 설 대표와의 대화를 마치고 리폼 홀
을 향해 걸었다.

"그 아이예요. 처음 VIP 초대 때 왔던 꼬마 먹방 유튜버 이율
미."

"이율미요?"

"그 울보 있잖아요? 맛있으면 울어 버리는… 셰프님 바쁘신 거 아는데 구슬 같은 눈물을 흘리며 셰프님 좀 보면 안 되냐고 하니… 이 팀장님은 그냥 대충 둘러대서 보내라고 하는데……."

"잘했어요."

주희를 격려하고 홀에 들어섰다. 다른 손님 응대를 하던 이리나의 눈빛은 곱지 않았다. 한참 바쁜 시간, 주희가 과잉 응대를 했다고 생각하는 모양이었다.

"셰프님."

목을 빼고 있던 이율미가 일어섰다. 오늘도 어머니와 둘이었다.

"스테이크 너무 맛있어요."

인기 유튜버라지만 아이다. 포크를 든 채 눈물을 글썽거린다. 냅킨부터 한 장 건네주었다.

"죄송해요. 바쁘실 텐데……."

어머니가 미안한 표정을 짓는다.

"아닙니다. 손님에게 인사하는 건 셰프의 영광이죠."

"셰프님."

이율미가 기린처럼 목을 빼 들었다. 눈물은 아직도 한가득이었다.

"저 이 LGY 스테이크로 먹방 한 번만 하게 해 주시면 안 돼요?"

"……."

"딱 한 번만요."

이율미가 소망을 한다. 율미는 언니나 친구들을 끼고 촬영한다. 어린이 분량으로 3—5인분을 먹는다. 먹는 것 자체도 많은 편이지만 그보다는 울보로 더 유명하다. 맛있는 걸 먹으면 눈물을 흘린다. 조건반사가 아니라 무조건반사였다.

그걸 찍자면 10인분 이상이 필요하다. 친구들도 2인분 이상은 먹기 때문이었다. 넉넉히 쌓아 두고 먹어야 화면 구성이 되니 셋 기준으로 15인분은 필요했다. LGY는 다른 손님을 위해 한 사람의 폭식 주문을 막고 있으니 그걸 부탁하는 중이었다.

순간 다른 유튜버 육식만이 떠올랐다. 그의 소원도 LGY 폭식이었다.

"LGY 말고 다른 걸로 찍으면 안 될까?"

"다른 거요?"

눈이 동그래지는 율미에게 다 빈치의 콩팥패티빵과 왕새우 요리를 선보였다.

"저 이거도 먹어 봤어요. 패티가 너무너무 고소하고 맛있어요."

먹기도 전에 눈물부터 글썽거린다.

"육식만 오빠 알아?"

"먹방 유튜버요? 저 알아요."

율미 목소리가 커진다.

"잠깐만."

육식만에게 통화를 연결해 주었다. 그와는 주방에 다녀오는 길에 통화를 마쳤다.

"먹방 최초의 세기적 성의 대결 어때요? 그러면 제가 요리 대드릴 수 있는데……."

윤기의 제의였다. 육식만 역시 윤기의 요리로 먹방 한번 찍고 싶어 하던 사람. 그가 원하는 것도 LGY였지만 대안을 안겨 주었다.

먹방 유튜버들은 소재 고갈에 시달린다. 그렇기에 새로운 메뉴가 필요했다. 지상에는 사람의 숫자만큼 요리의 가짓수가 많다지만 아무거나 소재가 되는 건 아니었다. 육식만과 율미는 몬도가네나 괴식 쪽이 아니기 때문이었다.

[육식만과 율미의 대결]

미친 불균형이다.

그런데 이런 게 그림이 된다.

육식만의 필살기는 맛깔나는 표현과 제스처다. 율미는 무조건반사의 맛 눈물. 거기에 윤기의 독특한 요리가 중심을 잡아 주면?

그 요리는 바로 레오나르도 다 빈치 세트였다.

꿩 대신 닭이 아니라 꿩 대신 봉황의 제의였다.

"저 할래요. 오빠가 허락했어요."

통화를 마친 율미는 눈물부터 흘렸다. 어우, 이 울보 공주님……

[맛 눈물공주 이율미 VS 먹방황제 육식만]

윤기의 방송(?) 출연은 유튜브 쪽으로 결정이 되었다. 두 유튜버의 합동 먹방이다.

어린 율미와 성인인 육식만이 조건 없이 붙은 건 아니었다.

4 대 1.

대략 몸무게로 분량의 비율을 맞추었다. 육식만에게 율미의 네 배가 배당된 것이다. 많이 먹는 게 중요한 대결이 아니었다. 둘의 승부는 좋아요로 정했다. 평소의 좋아요 비율보다 더 많은 좋아요를 받은 사람이 승자가 되는 방식이었다.

윤기의 제안은 두 사람에게 호평을 받았다. 그렇잖아도 소재의 고갈에 시달리던 둘. 체급은 맞지 않지만 열혈 구독자들의 반응이 뜨거울 것으로 예상되었다.

윤기의 형편상 녹화는 아침 시간으로 결정되었다. 장소는 육식만의 자택. 작은 스튜디오를 가지고 있는 그였으니 아쉬운 대로 그 주방을 사용하기로 했다. 다행히 인기 유튜버답게 웬만한 주방 기구는 다 갖추고 있다고 했다.

[전격 결정]

대략의 사항까지 결정이 되니 마음이 편했다.

"너, 나 좀 봐."

주방으로 가는 길에 이리나의 목소리가 들렸다. 목소리가 까칠하다. 주희가 윤기를 불러온 것에 대한 질책 같았다.

"저기요, 팀장님."

윤기가 선수를 쳤다.

"셰프님."

이리나가 바로 표정을 바꾼다. 좋게 보면 팔색조. 장점으로 보면 매력적인 여자였다.

"고맙습니다. 팀장님."

다짜고짜 인사부터 날렸다.

"뭐가요?"

"저기 꼬마 유튜버 이율미 말이에요, 팀장님이 저 불러 주라고 했다던데 덕분에 홍보 고민 제대로 해결하게 생겼습니다."

"네?"

"유명 유튜버 육식만 아시죠? 율미하고 합동 먹방이 매칭되었어요. 그 정도 홍보면 공중파 못지않겠죠?"

"그래요?"

"팀장님 덕분입니다. 설 대표님께도 그렇게 전하겠습니다."

"어머, 뭐 그럴 필요까지야……."

"그럼……."

짧은 인사를 두고 돌아섰다. 그 뒤로 주희가 다가온다. 잔뜩 긴장한 표정이다.

"주희 씨."

이리나의 목소리가 급변 모드로 들어간다.

"자기, 왜 그렇게 긴장하고 있어? 그냥 차 한잔하자는 거야. 긴장 풀어."

이리나가 주희를 잡아끈다. 영문을 모르는 주희가 끌려가는 길에 윤기를 바라본다. 윤기는 찡긋 눈빛으로 안심하라는 사인을 주었다. 그제야 주희의 불안이 풀려 나갔다.

"창혁아, 준비해라."

윤기가 보조를 정하자 창혁이 쾌재를 불렀다. 경모와 명규, 재걸 등은 많이 아쉬운 표정이었다.

[다 빈치 세트 20인분]

새벽처럼 재료 준비를 마치고 차에 실었다. 주희가 일찍 나와 식재료 포장을 도왔다.

"셰프님."

조수석에 올라탄 창혁이 음료수를 까 주었다.

"어, 나도 네 거 준비했는데?"

윤기도 음료수를 꺼냈다. 어머니가 챙겨 준 것들이었다.

"그럼 저는 셰프님 거 먹을래요."

"그러자. 나도 창혁이 걸로……."

음료수를 나눠 마시며 가속기를 밟았다. 신마호텔 빌딩에서 펄럭거리는 대형 현수막이 보였다.

"셰프님."

"응?"

"저 현수막 말이에요."

"그거 뭐?"

"처음에는 무서웠는데 이제는 아무렇지도 않아요."

"왜 무서웠는데?"

"우리보다 좋은 호텔 셰프들이라서요."

"좋은 호텔이 좋은 요리를 만드는 건 아니야."

"그건 알지만……."

"스테이크 연습은 잘되고 있어?"

윤기가 짐짓 물었다. 진규태가 노력하고 있다지만 창혁의 노력은 남달랐다. 실력도 부쩍 늘었다. 어제 아침도 그랬다. 새벽처럼 출근한 창혁이 짜투리 고기를 숯불에 굽고 있었다. 냄새만 맡아도 시어링의 수준을 알 수 있다.

숯에 올려놓는다고 고기가 익는 건 아니었다. 1℃나 1초만 오버되어도 타 버리는 것, 1℃나 1초만 미달되어도 제대로 향미가 다 살아나지 않는 것. 그게 바로 불의 마력이었다.

"솔직히 말해도 돼요?"

"그럼."

"고기를 구워 놓고 착각병이 들 때가 있어요. 너무 마음에 들어서요. 그러다 셰프님 요리를 보면 바로 깨갱이에요. 저는 아무래도 불 다루는 재능이 없는 걸까요?"

"다루려고 하지 말고 불에게 맞춰 보면 어떨까?"

"네?"

"불은 생물이야. 숯불을 가만히 들여다보면 라이프 사이클이 있거든. 희미하게 태어나서 화력이 강해지다가 결국은 노인들처럼 스러져 가는. 왜, 반려견 같은 애들도 그렇지? 자기 마음대로 다루려 하면 고집을 부리는……."

"으음, 알 듯 말 듯 한데요?"

"불하고 조금 더 놀아 보면 깨닫게 될 거야."

윤기의 노하우였다. 전생들은 그랬다. 숯의 불길을 읽고 고기를 구웠다. 대충 올려놓았다가 뒤집는 게 아니었다.

"드론 연습은?"

"음, 그건 요리보다 조금 더 자신 있죠."

"좋아. 아마 대박 날 거야."

"어, 육식만이에요."

창혁이 저만치 앞을 가리켰다. 율미와 함께 나와 윤기를 기다리고 있었다.

이 유튜브 방송, 결론부터 공개하자면 초대박이 났다.

분위기부터 그랬다. 육식만과 이율미는 프로페셔널이었다. 준비를 제대로 갖추고 있었다. 다 빈치의 모나리자와 최후의 만찬 등, 그림과 작품 사진을 배경으로 걸어 놓았고 의상도 중세풍으로 입었다. 심지어는 식탁과 의자 등의 소품들도 유럽산 앤티크로 바꾸어 분위기를 살렸다.

[과일과 채소 수프]

[아삭거리는 로마식 양배추 요리]

[무어식 대추말이]

[송아지 콩팥패티빵]

[새우살을 다져서 넣은 새우 숯불구이]

[르네상스 소등심 구이]

요리가 나오자 육식만의 장기가 그대로 발현되었다. 해박한 입담으로 요리의 분위기를 띄우기 시작했다. 수프가 추가된 건 그 또한 다 빈치가 애정하던 메뉴기 때문이었다. 구색 맞춤의 의미도 있었다. 수프가 들어감으로써 고급 요리의 완성판에 가까워진 것이다.

"여러분 이 요리가 보통 요리가 아닙니다. 이게 자그마치 레오나르도 다 빈치가 즐겨 먹던 메뉴라는 거 아닙니까? 율미님, 다 빈치 아세요?"

끄덕.

"진짜요? 지금 보는 사람 많습니다. 거짓말하면 우리 둘 다 잡혀가요. 진짜 알아요?"

"알아요. 인류의 천재. 모나리자를 그린 사람."

율미의 추임새는 야무졌다.

"맞습니다. 천재 중의 천재 넘버 원. 그런데 이 다 빈치도 잘하지 못하는 게 하나 있었습니다. 그것도 알아요?"

"뭔데요?"

"바로 요리죠."

"요리?"

"다빈치가 젊었을 때 식당 웨이터를 했었거든요. 이후 보티첼리와 함께 레스토랑 개업을 했는데 어떻게 되었을까요?"

"대박?"

"땡, 쪽박을 찼어요. 아주 쫄딱 망해 버렸죠."

"우와, 천재도 못하는 게 있구나?"

"그렇다고 봐야죠. 하지만 오늘 우리 방송을 책임져 줄 이분은 그 반대입니다. 다른 건 몰라도 요리 하나는 다 빈치를 능가하지요. 최근에는 지구상의 은둔 고수만이 출전한다는 보스키도르 종신 심사 위원 추천전에서 중국과 유럽의 초강자들을 물리치고 본선 직행의 쾌거까지."

"킹왕짱."

"이건 대놓고 광고인데 며칠 후면 그랑 서울에서 바로 이 다 빈치 특별요리전을 연답니다. 그걸 우리가 먼저 맛보는 거죠. 죽이죠?"

"네."

"율미 님, 저 이길 자신 있어요?"

"있어요."

"그럼 우리가 한번 제대로 시식해 볼까요? 다 빈치는 어떤 걸 먹고 천재가 되었는지?"

"좋아요."

"좋아요, 여러분은 이걸 유념해 두세요. 우리 송 셰프님, 좋아요. 그리고 우리 율미님과 저도 좋아요. 좋으면 좋아요 쏘시는 겁니다."

요리가 세팅되었다. 여섯 요리의 위엄은 화면을 뚫고 나갔다. 세팅만으로 좋아요가 쏟아지기시작했다.

"오, 다 빈치… 자네 왔는가?"

육식만이 너스레와 함께 출발했다.

"허즈버."

"하우, 스라."

"흐버러라."

현란한 감탄사가 윤기 요리의 수준을 말해준다. 그 표정 연기 또한 발군이었다. 맛과 맛이 교차될 때마다 분위기를 살려 주니 좋아요 홍수는 그치지도 않았다.

최강의 감탄사를 흡식 표정을 자랑하는 육식만, 그러나 율미의 눈물에 밀렸다. 수프가 들어가면 눈물, 대추를 먹어도 눈물, 새우와 소등심을 먹을 때는 아예 눈물로 범벅이 되는 율미였으니 천국의 감탄사도 어린 천사의 눈물을 당하지 못했다.

"너무너무 맛있다."

2인분을 해치운 율미. 울면서 웃는 그 모습이 최고의 압권이었다. 지금까지 그토록 흥건하게 운 적이 없는 까닭이었다.

율미는 4인분, 육식만은 13인분을 해치웠다. 위너는 율미였다. 홍수 같은 눈물과 미소로 범벅된 그녀의 모습은 새로운 반향을 일으켰으니 좋아요 신기록을 쓰고 말았다. 육식만의 좋아요도 평소 방송의 3배가 넘게 나왔으니 대박 중의 대박이었다.

이 방송의 조회수가 초대박을 치면서 사전 분위기를 끌어왔다.

[그랑 서울]
[송윤기 셰프]
[다 빈치 이벤트]
[콩팥패티빵]

해시태그가 인터넷과 SNS 등에 도배되면서 그랑 서울의 홈페이지가 다운되어 버릴 정도였다. 신마호텔의 리차드 손과 강형우 셰프가 공중파 등에서 선방한 홍보는 그 빛이 바래고 말았다.

그리고.

마침내 그날이 밝아 왔다.

5성급 대세 신마호텔과 4성급 언더독 그랑 서울호텔이 자존심을 걸고 정면충돌 하는 요리 대전.

그 아침은 주희의 다급한 인터폰 목소리로 시작되었다.

"셰프님."

제3장

—

다 빈치만 천재인 건 아니야

"……?"

카운터로 달려간 윤기가 소스라쳤다. 윤기 앞으로 도착한 꽃 바구니와 꽃다발 행렬 때문이었다.

[이지용]

이 회장의 것이 시작이었다.

[김혜주]
[김민영]
[이상백]
[배기성]

그리고 익숙하지 않은 이름들의 꽃바구니까지.

그것들의 정체는 배기성 원장의 문자가 알려 주었다.

[송 셰프님 스테이크 먹고 쾌차된 환자들 말이에요. 신문 기사 보고 나한테 단체로 부탁하니 어쩌겠어요.]

그들 꽃바구니만 10개가 넘었다.

"어?"

복도에서 나오던 진규태가 주춤 몸을 사렸다. 그러더니 뻘쭘한 얼굴로 꽃을 내밀었다.

"이건 우리 은서 거. 자기 용돈 모은 걸로 산 거니까 받아 줘."

노란 카라였다. 이건 정말 받지 않을 수가 없었다.

"인증 샷 찍어 주세요."

진규태에게 촬영을 자청했다.

"사진?"

"은서에게 보내야죠?"

"아!"

찰칵.

진규태의 핸드폰이 현장을 기록했다.

"고마워, 송 셰프."

진규태의 마음이 고스란히 전해 온다. 출발부터 향기로웠다.

"정위치하세요."

주방으로 들어온 윤기가 조리 지휘에 들어갔다. 지원을 나온 진규태 외에 2명, 그리고 에르베와 리폼 팀 넷을 합해 일곱이었다.

"에르베 셰프님."

윤기의 호명이 시작되었다.

"칵테일 큐브와 와인 서벗 준비 완료."

"경모 선배."

"4종 나무칩 튀김 준비 완료."

"명규."

"스페셜 음료 준비 완료."

"좋아. 그럼 진 팀장님?"

"특별 소품 준비 완료."

"창혁아?"

"저도 준비 끝났어요."

"재걸이도 레디?"

"네, 셰프님. 다국적 지원 준비 끝났습니다."

"좋아요. 이 막간 요리 타임 이후에는 각자에게 주어진 요리에 임합니다. 세 팀으로 헤쳐 모이는 거 알죠?"

"네."

"그럼 각자 위치에서 대기."

윤기의 엄명이 떨어졌다.

예약 손님들이 오기 전, 한 번 더 리폼 홀을 점검했다. 벽과 테이블, 천장 등에 다 빈치의 작품들이 걸렸다. 공간에 따라 여러 각도로 연출을 했다. 테이블과 벽의 공간에는 흰 꽃을 지천으로 깔았다. 소박한 물미나리꽃 생화였다. 다 빈치의 고향에는 이와 비슷한 들꽃이 핀다. 생가를 옮겨 올 수 없으니 포인트를 살린 것인데 분위기가 괜찮았다.

80여 석의 홀에는 세 군데 스테이션 공간을 마련했다. 일종의 맛 체험 공간이었다.

"어때요?"

만반의 준비를 끝낸 이리나가 윤기 소감을 물었다.

"좋네요. 메뉴는 숙지했죠?"

"기존의 다 빈치 소품에 없던 수프가 추가되었죠? 그 메뉴는 숙지했는데 특별 이벤트 메뉴들은……."

"차는 김네마차, 아티초크, 미라클프루트… 그 세 가지만 알고 있으면 될 거예요."

"아흐, 떨리네. 그런데 신마호텔 얘기 들었어요?"

"뉴스가 있어요?"

"시그니처 홀에 르네상스 시대의 소품을 대여했대요. 서빙 그릇도 전부 은식기로 준비했고요."

"남의 신경 쓸 필요 없어요. 우린 우리 페이스만 지키면 돼요."

"아오, 이 강심장."

"팀장님도 이번 3일 동안은 강심장이 되세요. 아, 혹시 체하거나 하는 사람 있으면 바로 나한테 얘기하고요."

"걱정 마세요. 닥터 셰프님."

"네?"

"닥터 셰프, 맞잖아요? 체한 것도 딸꾹질도 척척 고쳐 내시니."

"송 셰프."

설 대표와 유 이사도 내려왔다.

"유튜브 반향이 굉장하던데?"

"감사합니다."

"이 팀장, 예약은 이상 없지?"

"80명 풀로 채웠고 예비로 10% 더 등록해 두었습니다."

"이지용 회장님도 오실 거야."

"어머, 예약자 명단에는 없던데요?"

"비서를 통해 예약하셨나 봐. 잘나가는 벤처기업가 둘을 데리고 오신다잖아? 나도 조금 전에야 통보를 받았어. 오늘 영감 팍팍 받으시고 바로 현장에 복귀하실 모양이야."

"그래서 꽃바구니를 보내셨군요?"

"우리 송 셰프의 열혈 팬이시잖아? 처남인 나보다 송 셰프를 더 좋아한다니까?"

설 대표가 윤기를 바라본다. 윤기는 조용한 미소로 답했다. 이 회장의 예약은 어머니를 통해 듣고 있었다. 김혜주의 지원 약속을 받은 날이었다. 윤기는 그때부터 확신했다. 이 이벤트는 절대 질 수 없다고.

"좋아. 유 이사도 3일 동안은 백오피스 직원들 철통 지원하고. 특히 주차하고 안내에 각별히 신경 쓰도록."

"이미 지시해 두었습니다."

"나 해병대 출신이잖아? 이거 마치 특공대 이끌고 적진에 침투하는 기분이야."

"특공대를 이끄는 건 송 셰프인데요?"

이리나가 조크로 분위기를 띄웠다.

"기자들이 관건인데… 어차피 저쪽도 매진은 문제없을 테고."

"신마는 무료 시식권도 쫙 뿌렸나 봐요."

주희가 뒤에서 중얼거렸다.

"VVIP들에게 뿌린 모양이더군. 우리 짐작대로 우리를 밟으려고 작심한 거야."

유 이사가 쓴물을 넘겼다.

"진행은 어떻게 할 예정인가?"

설 대표가 화제를 돌렸다. 신마를 의식하자면 한이 없다. 설대표는 그걸 알고 있었다.

"오프닝으로 맛 체험 메뉴가 준비될 겁니다. 다 빈치 이벤트답게 영감을 주는 거죠. 간단하면서도 기발한 맛의 신세계를 느낄 수 있도록 준비했습니다."

"그 얘기 들으니까 나도 한 자리 예약할 걸 그랬군. 요즘 골치가 좀 아파야 말이지."

설 대표가 이마를 짚었다. 이 말은 시사하는 점이 깊었다. 그러나 윤기조차도 눈치를 차리지 못했다. 다 빈치 이벤트에 신경을 쓴 때문으로 이해했기 때문이었다.

[VIP 도착하십니다.]

이리나의 무전기에 첫 교신이 들어왔다.

"시작이군."

설 대표가 바짝 고무된다.

[행사 지원 직원들, 정위치, 서비스에 만전을 기하도록, 이상]

무전과 함께 백오피스 직원들이 분주해진다. 그랑 서울호텔 개관 이래 두 번째 빅 이벤트였다. 하나는 구찬홍 팀장 시절, 프랑스 총리가 숙박하던 때였다. 그때가 그랑 서울의 황금기였다. 이후로는 처음으로 긴장 상태에 돌입하는 호텔 직원들이었다.

차량에서 내리는 손님들 면면은 눈부실 정도였다. 인기 절정의 연예인에 크리에이터, 뮤지션, 플랫폼 전문가, 새 먹거리 산업을 찾는 CEO들……

그들 사이로 이지용이 내렸다. 벤처기업가들과 함께였다. 설대표가 친히 영접을 했다.

복도 창으로 확인한 윤기는 주방으로 향했다. 고객 안내는 윤기 몫이 아니었다.

"오픈 메뉴 준비하세요."

윤기의 지시가 떨어졌다. 그 손에는 보리수 열매처럼 보이는 미라클푸르트가 들려 있다. 과육을 벗겨 세로로 바늘 썰기를 했다. 과즙이 터지지 않게 써는 것. 그게 관건이었다. 2㎝ 크기로 썰어 한 입 분량으로 가지런히 세운다. 그 짝을 이루는 건 시디신 레몬이었다. 그걸 슬라이스로 만들었다. 10여 장씩 겹쳐 놓으니 보기만 해도 침이 고인다.

미라클푸르트의 마법이라면 신 레몬도 문제없다. 이 과육 성분에는 미각세포에 작용하는 특별한 물질이 있다. 신맛과 쓴맛을 느끼게 하는 세포 기능을 다운시켜 버린다. 동시에 단맛 세포의 기능을 활성화시킨다. 간단한 체험이지만 맛의 마법을 느끼게 하기에 충분했다.

아티초크와 초미니 솜사탕도 만들어지기 시작한다. 보기는 저래도 완벽한 분자요리다. 물질의 분자적 변화를 설명하는 데는 솜사탕만 한 모델이 없었다.

색은 다섯 가지로 만들었다.

색채도 창의성을 자극한다. 그 창밖으로 창혁이 보인다. 드론 동호회 친구들과 함께였다.

드론이 높이 날아오른다.

윤기의 열정도 함께 날아올랐다.

하이 리스크 하이 리턴.

싱가포르의 도전이 이어진다. 절정의 미식가들 앞에서도 당당했던 윤기. 그 손으로 특별한 칵테일 제조에 들어갔다. 칵테일은 마시는 것, 그 고정관념을 깨 줄 메뉴는 칵테일 큐브였다. 각설탕이나 과자처럼, 빨아 먹거나 집어 먹는 칵테일이었다.

[초록, 흰색, 빨강]

세 가지 리큐어를 골랐다. 다른 재료는 한천이다. 각 리큐어의 질량에 0.5%를 넣고 살짝 끓여 내면 끝이다. 틀에 부은 후에 차게 식으면 젤리처럼 굳는다. 틀을 제거하고 큐브 형태로 잘라 낸다. 이걸 색깔대로 쌓으면 다 빈치의 나라 이탈리아 국기가 된다. 그냥 내면 심심하다. 탑처럼 쌓으니 보기에도 좋았다.

칵테일 큐브는 끝났다. 플람베 의식이 남았지만 이건 현장에서 할 예정이었다. 시나몬 가루와 합치면 또 한 번의 마법이 되기 때문이었다.

옆의 에르베는 와인 셔벗 요리에 여념이 없다. 셔벗은 석류와 대추야자, 두 가지 과육을 사용하기로 했다. 사실 다 빈치는 과일과 채소를 좋아하는 사람이었다.

"셰프님, 손님 입장 거의 다 끝났어요."

주희가 직접 상황을 알렸다.

"그래요?"

"굉장해요. 대한민국 명사들이 총출동한 것 같다니까요. 이지용 회장님에, 김혜주에, 봉순호 감독님……."

"다행이네요."

"인사하고 시작하셔야죠? 다들 송 셰프님 기다리는 눈치예요."

"알겠습니다."

윤기가 손을 닦았다.

연예인만 유명세를 타는 게 아니다. 스포츠 스타만 환호를 받는 게 아니다. 안드레아의 리폼은 셰프의 성전이었다. 안드레아가 들어서면 세계의 저명인사들이 기립으로 맞이했다.

맹목적인 권위 의식은 잊어버렸다. 하지만 요리사가 각광받는 것은 주지의 사실이었으니 특별 이벤트를 주관하는 셰프가 인사를 하는 건 일종의 예의에 속했다.

"에르베 셰프님, 같이 가시죠?"

와인 셔벗을 마무리하는 에르베에게 말했다.

"천만에, 오늘의 주인공은 송 셰프, 보다시피 나는 바쁘기도 하고."

에르베가 고개를 저었다.

"창혁아."

복도로 나와 창혁을 불렀다.

"네, 셰프님."

"잘할 수 있지?"

"걱정 마세요. 목숨 걸고 하겠습니다."

"좋아, 그럼 준비해."

다짐을 하고 홀을 향해 걸었다.

"송 셰프."

이상백이었다. 이 이벤트 동안 그는 다른 기자들과 달리 어디든 프리 패스로 다닐 수 있었다. 그건 윤기와의 약속이기도 했었다.

"분위기 굉장한데요?"

"기자님 덕분입니다."

"천만에요. 홀의 취재기자들에게 물어봤는데 손님들의 질이 기자들의 향방을 가른 모양입니다. 신마 쪽에서 무료 시식권을 돌리는 바람에 무게 추가 이쪽으로 옮겨졌대요."

"그래요?"

"무엇보다 테마가 확실하잖아요? 레오나르도 다 빈치… 내가 신마호텔이라면 적어도 클레오파트라 특별전 정도로 대적했어야 되었을 것 같습니다."

"끝까지 최선을 다하겠습니다."

"그래 주세요. 나도 지난번 성자의 셰프 건처럼 대박 하나 더 건져 가게요."

"그럼 여기서 각도 잘 잡고 계십시오. 괜찮은 그림 하나 볼 수 있을 겁니다."

힌트를 주고 안으로 들어섰다.

모두의 시선이 집중된다. 대한민국 최고 수준의 VIP들. 한자리에 모이니 보석 마을에 들어선 것 같았다.

"여러분, 레오나르도 다 빈치 이벤트를 주관하실 송윤기 셰프십니다."

이리나의 멘트가 흘러나왔다. 윤기는 테이블을 돌며 인사를 했다.

"파이팅."

김혜주는 낮은 소리로 엄지를 세웠다.

"회장님, 와 주셔서 감사합니다."

이지용의 테이블 차례가 되었다.

"천만에, 나도 기업 혁신 때문에 영감이 필요하거든요."

이지용의 답은 깔끔했다.

"감독님 고맙습니다."

봉순호에게도 예의를 갖췄다.

"요리로 보답하면 됩니다."

그의 답은 짧았다.

차례차례 인사를 마치고 맛 체험 테이블 앞에 섰다.

"귀한 시간을 내주신 여러분께 진심으로 감사를 드립니다. 오래 기다리신 분도 계실 테니 바로 시작합니다. 부디 저희들의 작은 정성과 맛의 향연이 레오나르도 다 빈치의 영감을 불러와 여러분 모두에게 각별한 기억과 맛으로 승화되기를 바랍니다."

윤기가 입구를 가리키자 실내등이 꺼졌다. 남은 건 요리 체험 테이블에서 반짝이는 LED뿐. 그 어둠을 밝히는 조명이 입구에서 날아들었다.

"……?"

VIP들의 눈이 휘둥그레진다. 1 : 1,618의 황금비율로 제작된 인체비례도 대형 현수막이 날고 있다. 찬란한 조명을 두른 드론 편대였다.

"언니, 드론이에요."

김민영이 김혜주 옆에서 중얼거렸다.

"요리가 날아와."

김혜주의 시선은 그 너머에 있었다. 드론이 품은 접시가 보인다. 알록달록 초미니 솜사탕과 작은 비커에 담긴 김네마차였다. 그 뒤로 아티초크와 생수 비커를 운반하는 드론이 이어진다.

"놀라운 퍼포먼스인데요?"

이지용 옆의 젊은 벤처기업가들이 말했다.

오프닝 요리의 서빙은 드론 편대에게 맡겼다. 윤기의 구상이었다. 시작부터 모두의 시선을 장악해 버린 것. 그 비행 팀장은 창혁이 책임지고 있었다. 드론 동호회의 고수들을 섭외해 와 이벤트의 서막을 장식한 것이다.

드론들은 윤기의 옆, 맛 체험 테이블을 시작으로 요리 접시를 세팅하기 시작했다. 마치 컴퓨터로 프로그램한 듯 정확한 랜딩이었다.

짝짝.

시작부터 박수가 뜨거웠다. 손님들 시선은 제대로 사로잡았다. 하지만 윤기에게는 이제야 시작에 불과했다.

인체비례도 현수막을 달고 날던 선두 드론은 중앙의 대형 샹들리에의 빈 공간에 내려앉았다. 거기서 늘어뜨린 현수막은 그대로 하나의 장식이 되었다.

다른 드론들은 여전히 서빙에 분주했다. 세 대씩 줄을 지은 드론들이 착륙하고 날아오를 때마다 이벤트 테이블에 요리가 채워졌다. 솜사탕에 이어 미라클프루트가 테이블을 장식하자 드론 편대는 마지막 비행을 시작했다. 찬란한 조명을 별처럼 반짝이며 홀을 한 바퀴 돌더니 윤기 앞에 살며시 내려앉았다. 드론의 모험은 대성공이었다.

"귀빈 여러분."

윤기의 목소리가 이어졌다.

"드론입니다. 다 빈치는 그 당시에 이미 비행체를 설계한 천재였죠. 드론을 날림으로써 다 빈치의 생각에 가까이 다가가 보았습니다."

"……."

"아시다시피 다 빈치도 식당을 운영한 적이 있습니다. 닭의 벼슬 요리, 새끼양 고환요리 등, 몇 가지 메뉴가 전하고 있지만 아마 이런 재미난 느낌과도 어울리지 않을까 싶어 준비한 코스입니다."

"……."

"이벤트 테이블에 준비된 요리는 짝과 차례가 있습니다. 그걸 지켜 주세요. 메인이 나오는 동안, 맛에 대한 여러분의 선입견을 무너뜨리는 체험이 될 것을 확신하는데 한 가지만 예를 들면 이런 것입니다. 거기 있는 레몬은 굉장히 시지만 앞에 놓인 미라클프루트를 먹고 맛을 보면 놀랍게도 달게 변합니다. 참고로 말씀 드리자면 설탕이나 단맛의 향신료는 일절 넣지 않았습니다. 나머지 맛은 직접 체험해 보시기 바랍니다."

윤기의 인사와 함께 홀의 전등이 점등되었다.

"귀여워."

체험 테이블로 다가선 김민영이 몸서리를 쳤다. 구성 자체가 그랬다. 색색의 솜사탕은 한입 크기였고 미라클프루트와 아티초크 등의 세팅도 앙증맞기 그지없었다.

"레몬은 싫은데?"

고개를 저은 김혜주는 김네마차 세트 먼저 시도했다. 차는 언제나 옳다. 비커에 든 차를 마신 후에 솜사탕을 물었다.

"어머."

김혜주가 소스라친다. 솜사탕은 일절 달지 않았다.

"단맛을 빼고 만들었나?"

김혜주가 중얼거리자 김민영이 끼어들었다. 그녀는 솜사탕 먼저였다. 즉 먹는 차례를 어긴 것이다.

"아뇨. 굉장히 달아요."

"그럴 리가? 나는 하나도 안 달아?"

"송 셰프의 마법이군. 이 차를 마시면 단맛을 잊어버리는 모양이야."

이번에는 봉순호 감독이었다. 그는 아티초크 세트에 관심을 보였다. 한입에 털어 넣고 짝으로 놓인 생수를 들었다.

"이 물은 단데?"

그러자 유튜버 육식만이 생수를 마셔 본다.

"생수 맞습니다."

그런 식이었다. 체험 테이블의 맛은 모두의 관념을 깨고 있었다.

"미라클, 진짜 미라클. 이 샐러드를 먹고 레몬을 먹으니 시기는커녕 오히려 달아요."

특급 예술가들을 거느린 전송화 화백의 평이었다. 그때까지 주저하던 명사들도 미라클프루트와 레몬 세트를 시도하기 시작했다.

"진짜네? 레몬이 달아."

"읍, 레몬 먼저 먹으면 굉장히 셔요."

이지용도 체험에 나선다. 미라클프루트를 먹고 조심스레 레몬 조각을 먹어 본다.

"……?"

"이거야 원……."

이지용을 따라온 벤처기업가들도 혀를 내두른다. 체험 요리에는 아무것도 가미되지 않았다. 평소에는 전혀 모르고 지나친 것들. 맛에 숨어 있는 비밀을 엿보는 것이니 분위기가 유쾌해지기 시작했다.

이제 모두의 시선은 마지막 세트로 옮겨 갔다. 민트 잎이었다. 청량한 잎 안으로 붉은 실고추를 품었다. 제일 먼저 시도한 사람은 인기 마법사 최연우였다.

"어때요?"

피아니스트 손열음이 옆에서 묻는다.

"대박."

묘하게 인상을 찌푸리던 최연우가 엄지를 세워 보였다.

"괜찮아요?"

"민트초코 알죠? 그 업그레이드 버전이에요. 마치 우주의 카오스를 입안에 집어넣은 느낌?"

"카오스?"

"이거 진짜 신박하네? 다 빈치만 천재인 게 아닌 거 같은데요?"

최연우가 하나를 더 시도한다. 그제야 다른 사람들도 체험 도전에 나섰다.

"엇?"

"옵?"

"우와?"

"이야."

여기저기서 돌발성 반응이 교차한다. 그 맛은 정말 혼란스러웠다. 최연우가 말한 카오스가 제대로였다. 그런데 그 자극이 또 묘한 매력을 주었다.

최고 난이도의 민트와 고추 조합. 윤기의 우려와 달리 인기를 독차지하기 시작했다.

"셰프님."

요리가 한창 중인 주방으로 주희가 달려왔다.

"왜요?"

윤기가 물었다.

"밀고 말이에요, 민트와 고추. 그게 더 필요해요."

"……?"

"최고 인기예요. 테이블마다 싹 비워 버렸어요."

"으아, 엽기네. 명사들에게 그게 인기란 말이에요?"

경모가 혀를 내두른다. 팀원들도 모두 맛을 보았었다. 하지만 결코 호감스럽지 않았다. 그런데 대한민국 대표 명사들이 그 맛에 열광하다니.

"원래 최고들은 엉뚱한 데서 영감을 얻는 법이거든요."

윤기가 새 접시를 내주었다. 그걸 카트에 올려 주며 주희에게도 맛보기를 권했다.

"읍."

목젖이 울컥거리던 주희가 겨우 호흡을 가다듬었다.

"재미난데요?"

첫 충격을 견딘 주희의 표정근이 시원하게 풀렸다.

"으음, 주희 씨도 크리에이터 집안의 유전자인 모양이네?"

윤기가 웃었다.

"서빙 시작하세요."

윤기의 말이 끝나기 무섭게 주희가 서버들을 이끌고 들어섰다. 오늘은 서버만 다섯이었다. 다른 파트의 서버들까지 총력 동원이었다.

[자작나무, 소나무, 포플러의 3종 튀김]

[노란 주키니 호박꽃 튀김]

[이탈리아 국기 문양의 칵테일 큐브]

거친 돌을새김의 편백나무 접시 위에 플레이팅을 했다. 가니쉬로는 쇠비름을 올리고 그 위에 돌미나리 하얀 꽃을 놓았다.

순박한 나무 튀김에서 노란 호박꽃으로, 그러다 다 빈치의 국가 이탈리아 칵테일 큐브로 옮겨 가는 시선의 구성이었다.

주키니 호박꽃 튀김에는 바닐라 슈가를 미량 첨가했다. 탑탑한 꽃의 맛을 살려주는 포인트다. 칵테일 큐브는 이제 플람베 과정을 거쳤다. 큐브의 질감을 부드럽게 만드는 게 목적이었다.

"자연산 자작나무, 소나무, 포플러의 형성층을 골라 튀긴 3종 나무칩과 주키니 호박꽃, 그 옆에 놓인 큐브들은 달달한 리큐어로 만든 먹는 칵테일입니다."

"먹는 칵테일?"

이지용의 시선이 큐브로 향했다.

"이야, 요리의 진화도 눈부시군요. 칵테일은 마시는 걸로 알고 있는데 그 고정관념을 이렇게 깨 버리네요."

옆의 벤처사업가들 관심이 집중된다.

이지용은 진중하다.

이것들은 장식용이 아니었다. 그렇다면 맛이 중요했다. 하나를 집어 입에 넣었다.

'오.'

미각이 즉각 반응한다. 모양만 예쁜 게 아니었다. 녹색과 흰색, 빨강의 3층마다 맛이 새로웠다. 더 재미난 건 각도를 바꿔서 깨물면 느낌도 다르다는 거였다.

"기대 이상인데요?"

벤처사업가들의 만족도가 쑥쑥 올라간다.

이지용은 자작나무칩을 집고 있었다. 그냥 보기에는 영락없는 감자칩. 그러나 더 사각거리는 질감에 채소 맛의 여운까지 깃들었으니 놀라지 않을 수 없었다.

나무가 주는 신비감.

그 감상은 다른 테이블들에서도 비슷했다.

"송 셰프라는 사람, 천재는 천재끼리 통한다더니 괜히 다 빈치 이벤트 여는 게 아니네. 이런 걸 요리로 승화시키다니?"

봉순호 감독의 호감도도 급상승 중이었다. 앞서 맛본 체험 요리에서 좋은 인상을 받은 그. 나무칩에 곁들이는 칵테일 큐브에서 아이디어의 주머니가 열리기 시작했다.

찰칵.

이 사진은 이지용의 것이었다. 여간해서는 요리 사진을 찍지 않는 이지용. 그가 핸드폰을 들이대는 진풍경이 펼쳐지고 있었다.

"다음 차례가 너무 기대되네요."

전송화 쪽 테이블도 분위기가 좋았다. 그녀가 데려온 귀빈은 모두 열 명이었다. 전송화는 그중 두 명과 합석을 했다. 그녀가 교류하는 디자인 명장과 건축 명장이었는데 모두가 흡족한 표정이었다.

"제가 그랬잖아요? 이거 안 오시면 후회한다고."

"하긴 전 화백님에게 치킨을 먹인 셰프라지요?"

"초콜릿 무스도 먹었죠. 그것도 배가 터지도록."

"우리나라는 희망이 넘치네요. 저 나이에 그런 실력이라니……."

"송 셰프는 요리 천재예요. 저는 그렇게 생각해요."

"제가 이번에 맡은 건축물 디자인 구상에 골 좀 썩고 있었는데 근사한 영감을 받고 있습니다. 오늘 식사비는 제가 다 쏘겠습니다."

건축가가 전송화에게 말했다.

"그러세요. 그럼 저는 맛나게 먹겠습니다."

전송화는 사양하지 않았다. 그때 입구 쪽이 꽉 차는 느낌과 함께 메인 카트의 행렬이 들어오기 시작했다.

"마침내 메인이군요."

"그러게요. 우리 다 같이 다 빈치를 한번 만나 볼까요?"

전송화는 이미 먹을 준비가 되어 있었다. 먹는 욕심 없는 그녀였지만 윤기의 요리라면 기꺼이 그럴 수 있었다.

[라이스를 넣은 채소 수프]

[무어식 대추말이]

[송아지 콩팥패티빵]

메인의 서막은 세 메뉴가 열었다. 수프는 다 빈치 스타일로 채소를 듬뿍 넣었다. 오늘 처음 선보이는 메뉴였지만 호평이었다. 채소를 쪄 낸 액즙으로 깊은 맛을 낸 덕분이었다. 악센트로 들어간 것은 계피였다. 이 시대의 요리에는 계피가 많이 사용되고 있었다.

"언니, 수프가 입에 착착 붙죠?"

중앙 테이블의 김민영이 김혜주에게 물었다.

"포근해."

"대추요리는 장미 냄새가 나요."

"르네상스는 향기로운 시대였잖아?"

"아, 지금 꼭 르네상스에 와 있는 것만 같아요."

김민영은 이제 콩팥패티빵 공략에 나섰다. 빵은 크지 않았다. 그래서 더 감질나는 김민영이었다. 그 갈증은 오래가지 않았다. 기다리고 기다리던 진짜 메인이 이어진 것이다.

"아싸."

접시를 받아 든 김민영이 환호를 질렀다.

"얘."

"어머."

김혜주가 주의를 환기시키자 김민영이 입을 막았다. 명사들이 즐비한 곳이었다. 식사 매너를 지켜야 했다.

[아삭거리는 로마식 양배추 요리]

[새우살을 다져서 넣은 새우 숯불구이]

[르네상스 소등심 구이]

접시는 어느새 푸짐해져 있었다.

"아후, 등심 보니까 마음이 새록새록 살찌네?"

김민영이 입술을 핥으며 말했다.

등심을 먼저 자른 사람은 마술사 최연우였다.

"……?"

바로 동작을 멈췄다. 안에서 풍겨 나온 마법의 향미 때문이었다. 반으로 잘린 단면은 차라리 위엄이었다. 8장의 등심을 겹쳤음에도 핑크센터가 선명했다. 그 사이로 풍후한 육즙이 기적처럼 흘러나온다. 정말이지 치명적인 유혹이 아닐 수 없었다.

"으음……."

한 입 물기 무섭게 몸서리치는 최현우. 혀의 미각세포와 연구개에 맛의 폭죽이 터지는 기분이었다. 여기에는 구조적인 장치가 있었다. 8장의 등심 중에 가운데 들어가는 두 장의 중심부를 동전 크기로 도려냈던 것. 안에 공간이 생기자 육즙이 제대로 가두어졌다. 그곳에 특제 컴파운드 소스를 주입했다. 공간이 있던 자리다 보니 더 많은 양이 들어가게 된 것이다.

몰입하는 사이에 와인 서벗이 세팅되었다. 반원 모양의 서벗은 두 종류의 와인으로 만든 분자요리였다. 동결농축과 액체질소가 동원되었다. 저온에서 농축한 것이니 아이스크림으로 보는 사람도 있었다.

"와인 서벗입니다."

이리나와 주희의 설명이 이어지자 환호가 뒤따랐다. 초상류층의 창작자들이라고 모든 요리를 아는 건 아니었다. 일에만 몰두하는 사람이 많았으니 아이처럼 좋아하는 분위기가 대세를 이루었다.

그렇게 총력 이벤트의 첫 타임이 끝났다.

윤기는 팀원들과 함께 출입구에 도열해 있었다. 가는 손님들에 대한 예우였다.

"셰프님."

김민영이 쪼르르 달려왔다.

"완전 감동이었어요. 우리 이걸로 먹방 한번 열 수 있을까요?"

"저야 문제없죠."

"알았어요. 오늘부터 피디님하고 예능국장님 좀 삶아 봐야겠어요."

"송 셰프."

다음은 김혜주다.

"열심히 도와주셨는데 어떨지 모르겠네요."

"다들 대만족이야. 내일 또 오자네? 예약 펑크 나면 연락 달라고 카운터에 전번 남긴 사람들도 많아."

"다행이네요."

"나중에 내가 팀원들에게 한잔 쏠게."

"정말요?"

"왜? 누나 정도면 그럴 자격 있는 거 아니야?"

"물론이죠."

"그럼 수고해. 나는 또 촬영 일정이 있어서……."

"오늘 감동이었습니다."

김혜주가 밀어준 귀빈들도 인사와 함께 멀어졌다. 봉순호는 자기가 데려온 귀빈들 계산을 혼자 해치웠다고 한다. 마음에 제대로 든 모양이었다.

전송화도 가고 이지용도 간다. 남은 사람은 단 하나, 손열음이었으니 테이블에 핸드폰을 펴 놓고 뭔가를 메모하고 있었다.

"방해하지 마세요."

윤기가 이리나와 주희에게 주의를 주었다. 요리사도 영감이 떠오르면 메모를 한다. 그러니 좋은 징조가 분명했다.

디너 타임 역시 성황리에 끝났다. 몇몇은 SNS를 통해 체험 요리의 비밀을 알고 왔다. 그러나 요리는 실증적이다. 직접 맛보는 게 최고였으니 그들의 만족도도 높았다.

손님들의 수준은 여전히 우수했다. 일정 관계로 세 팀이 노쇼를 했지만 대기자들이 메워 주었다.

하지만.

첫날 일정이 끝난 후의 주희 표정은 어두웠다. 현황 파악을 위해 내려온 설 대표와 유 이사도 그랬다. 흠잡을 데 없이, 호평으로 끝났지만 아웃풋에서 신마호텔에 밀린 것이다.

저녁 시간대의 뉴스들이었다. 이상백의 KBN을 제외한 방송에서 신마호텔의 르네상스 특별요리전 뉴스를 내보냈다. SNS에서도 그들이 약진했다. 인플루언서와 맘 카페 때문이었다. 그들에게도 무료 시식권을 뿌렸으니 관련 게시물의 조회수가 폭발한 것이다. 김민영과 김혜주 등이 게시물을 올려 주었지만 저들의 물량 공세를 당하지 못했다.

"괜찮아. 우린 내실이 있었잖아?"

설 대표가 윤기를 위로했다. 명사들의 한계였다. 그들은 만족했지만 SNS는 즐겨 하지 않는다. 그러니 그 반향은 천천히 나오게 되어 있었다.

"어머."

분위기가 무거워지던 때였다. 화면을 보던 주희가 모니터 앞으로 고개를 들이밀었다.

"신마 기사 또 뭐 떴어?"

이리나가 물었다.

"아뇨. 그게 아니고 이지용 회장님이……."

"우리 매형?"

설 대표가 모니터 앞으로 다가섰다.

"빙고!"

바로 환호성을 내지른다. 이지용의 SNS에 윤기의 이벤트 요리 사진이 떴다는 내용이었다. SNS 활동은 거의 하지 않던 이지용. 그 사진 몇 장은 폭풍처럼 거대해지기 시작했다. 인플루언서와 맘 카페의 영향력에 댈 것이 아니었다.

"송 셰프."

설 대표가 달려와 윤기를 끌어안았다.

"와아……."

주희도 좋아 어쩔 줄을 모른다. 이지용의 SNS가 부각되자 김혜주와 김민영, 봉순호 등의 SNS도 주목을 받기 시작했다. 물량 공세와 퀄리티의 대결은 결국 윤기 편으로 기울었다. 격랑의 파도가 인터넷을 휩쓸었다. 홍보전에서 밀리던 그랑 서울의 대반전이었다.

[회장님, 고맙습니다.]

인사 문자를 보냈다.

[내가 고맙지. 덕분에 신사업 구상에 큰 도움이 되었네.]

핸드폰 화면에서 반짝거리는 이지용의 문자가 태산처럼 큼지막하게 보였다.

승부의 추는 다음 날 급격히 기울었다. 이상백 덕분이었다. 그의 심층 취재가 빛을 발한 것이다. 이상백은 다른 기자들에 비해 어드밴티지를 가지고 있었다. 주방부터 식재료 창고까지 일체를 개방한 것이다.

이상백은 놀지 않았다. 그렇다고 윤기의 요리를 무작정 과대 포장 해 주지도 않았다. 그는 윤기의 일거수일투족을 촬영하고 식재료의 입고부터 출고까지의 과정을 추적했다.

동시에 후배 기자를 신마호텔에 보내 같은 취재를 맡겼다. 윤기의 요리를 규명할 생각이었다. 윤기의 요리 파워가 어떻게 다른지 알고 싶었다.

이유는 스펙이었다. 윤기의 현재 스펙은 조리과학고 졸업이 전부였다. 조리사 자격증 4관왕이라지만 그건 큰 의미가 없었다.

많은 셰프들의 경우 저명한 요리학교나, 저명한 셰프들 밑에서 수련기를 거친다. 그 과정에서 요리의 레시피 이해와 셰프의 덕목에 대해 몸에 익힌다.

윤기에게는 그게 없었다. 그럼에도 치명적인 요리 실력을 가진 이유를 알고 싶었다. 악의가 아니라 기자의 호기심이었다.

윤기는 철저했다. 서로 다른 채소를 만져도 손을 씻었고 접시조차도 그냥 쓰지 않았다. 깨끗한 키친타올을 거치지 않으면 플레이팅을 하지 않았다.

시작은 출근이었다. 군인이 생명이 총이라면 요리사의 그것은 칼과 도마, 그리고 조리기구들이었다. 퇴근할 때 제대로 정돈했음에도 그 체크로 하루를 시작했다.

시간을 쫓기는 요리에서도 그의 루틴은 변하지 않았다. 위생 관념과 재료의 특성에 따른 조리와 관리는 컴퓨터에 못지않게 준수되고 있었다. 그냥 몸에 익은 것이다.

중요한 건 윤기만 그러는 게 아니었다. 팀원과 지원 팀도 그랬다. 일종의 품질 관리였는데 그걸 어긴 요리는 바로 음식물 쓰레기통에 처박아 버렸다.

윤기의 원칙은 하나였다.

[가장 소중한 사람에게 내놓을 수 있는 상태]

어쩌면 당연한 루틴이 그랑 서울과 신마 호텔의 운명을 갈랐다.

한편으로는 신마 호텔의 자충수이기도 했다. 그들은 한 기자를 매수해 특별한 청탁을 맡겼다. 이상백과 비슷한 역할이었다. 이상백과 다른 점은 의도가 불손하다는 것.

심층 취재를 하던 이상백이 그걸 알게 되었다. 적어도 한국에서는 최고의 베테랑에 속하는 이상백이었다. 그 눈을 속일 기자는 없었다. 그 기자는 신마호텔이나 계열사의 기사에 호의적인 사람이었다. 금지된 동선으로 움직이자 이내 감을 잡았다. 그래도 모른 척 두었다.

그는 복도와 화장실, 주방 입구의 화분에 몰카를 심었다. 윤기 팀의 하자를 잡으려는 속셈이었다. 지뢰(?)를 심은 기자가 누군가와 통화를 했다. 통화가 끝나자 이상백이 나섰다.

[준비 끝났습니다. 몰카 심어 놨으니 뭐 하나 걸릴 겁니다. 제 대로 한 방 먹일 테니 염려 마세요.]

이상백이 틀어 놓은 기자의 통화음이었다. 통화를 녹음한 것이다.

"……?"

놀란 기자가 주춤 물러섰다.

짝.

일단 따귀부터 갈겨 버렸다. 이상백의 기선 제압이었다.

"왜, 왜 이러십니까?"

허동구 기자, 일단 반발했다.

"이 자식이 정말, 몰라서 물어?"

그대로 차량을 향해 밀어붙였다.

"뭘 말입니까?"

"대가 얼마 받기로 했어?"

"대가라뇨?"

"아니면? 왜 여기저기 몰카를 심었어? 방금 이 통화는 또 뭐고?"

"……?"

"네가 이러고도 기자야? 너 같은 새끼 때문에 우리가 단체로 기레기 소리를 듣는 거 아니야?"

"……?"

"신마호텔 측 청탁이지? 그랑 서울 요리의 흠을 잡으려는?"

"그, 그게……."

"너네 데스크 양세동이도 알아? 너네 편집국장 최팔호도 아냐고?"

"……."

"내가 이거 다 까발려 줄까? 여기 기레기 한 마리 추가요, 하고?"

"선배님……."

"너, 송윤기가 누군 줄 알아?"

"……."

"이 자식아, 송 셰프는 오직 요리를 위해 태어난 사람이야. 우리 대한민국 요리의 미래이자 세계 요리를 좌지우지할 희망이라고."

"……."

"사람을 죽일 때도 가려서 죽여야지. 요리가 뭔지도 모르는 놈이 돈 몇 푼에 양심을 팔아?"

"잘못했습니다."

"닥쳐."

쫙.

한 번 더 따귀가 날아갔다. 허 기자의 전의는 완전히 무너졌다. 의표를 찔린 까닭에 무방비가 되었으니 뭐라 할 말이 없었다.

"좋아. 하던 대로 해."

"예?"

"하던 대로 하라고."

"선배님……."

"대신 말이야, 특별한 하자 안 나오면 양심껏 보도해. 아니면 너 나한테 죽는다. 알았어?"

이상백이 허 기자를 밀어 버렸다.

"……!"

허 기자는 넋을 놓았다. 꼬리를 제대로 밟힌 것이다.

디너 타임의 서막도 드론이 열었다.

"와아."

이번 손님들은 조금 더 젊었다. 김민영과 김혜주가 몰아준 신인 연예인들이 많았다. 덕분에 예상 못 한 반향이 나왔다. 저명인사들 중심인 첫날보다 분위기가 밝아진 것이다. 더 특별한 건 배기성 원장이 이끌고 온 회복기의 환자들 사단이었다. 배 원장의 특별 허락이었으니 사복을 입고 참가를 했다. 다들 사회적 지위가 높은 사람들. 활기찬 분위기부터 그들의 회복에 도움이 되고 있었다.

찰칵찰칵.

카메라 셔터가 바빠졌다. 동영상도 함께 불을 뿜었다. 첫날 분위기를 체크한 사람들은 풀 버전의 동영상 촬영에 들어갔다. 어제와 달리 셀피에 목숨 거는 사람들이 많았다.

"레몬이 완전 달아."

"생수도 달다니까."

"솜사탕은 안 달아."

자신들의 감정 표현에도 거침이 없다.

그래도 서막의 포인트는 역시 민트고추였다.

"이게 바로 카오스 맛이구나?"

"입안에 아리송의 회오리가 불어."

"나는 병맛의 물음표가 파도를 치는 듯."

이유는 백만 가지. 그럼에도 민트고추의 인기는 여전했으니 추가 세팅이 이어졌다.

메인이 나가자 윤기가 겨우 한숨을 돌렸다.

"자, 우리도 저녁 먹어야지?"

윤기가 운을 떼자 모두가 윤기를 바라본다. 오늘의 식사 당번이 윤기인 까닭이었다.

"나?"

"네."

재걸이 대표로 답했다.

"그럼 메뉴 신청."

윤기가 기회를 주었다. 모두가 말하기를 꺼린다.

"뭐야? 다들 짰어요? 그럼 진 팀장님이 대표로 말해 보세요."

"그게……."

"말하시라니까요."

"그게… 다들 다 빈치 등심 한 번 먹고는 싶은데……."

"다 빈치 등심요?"

"아까 디자인 불량으로 나온 거 나눠 먹었거든? 그런데 맛이 기막히잖아? 뭐 그건 농담이고, 바쁜데 볶음밥 정도면……."

"그걸 먹었단 말이에요?"

윤기가 구석을 돌아보았다. 마음에 들지 않아 밀쳐 둔 등심구이 두 개가 보이지 않았다.

"미안. 어차피 버릴 거 같아서……."

"아, 진짜 그걸 먹으면 어떡해요?"

"쓸 거였어?"

"그게 아니고요, 여러분이 거지예요? 먹고 싶으면 제대로 된 걸 먹어야지 왜 미달 요리를 먹냐고요?"

"……?"

진 팀장과 팀원들이 고개를 들었다. 질책을 받는 줄 알았는데 그게 아니었다.

"기다리세요."

윤기가 바로 요리에 들어갔다. 여분으로 준비한 게 있으니 문제없었다.

"도와 드려요?"

붙임성 있는 창혁이 팔을 걷고 나섰다.

"됐어. 이 순간만은 다들 나의 손님이야. 그러니까 손님처럼 당당하게 먹을 준비나 해."

"셰프님……."

창혁이 심쿵 하는 건 보지 않았다. 그저 시어링에 집중한다. 레스팅이 되는 동안 주입하는 컴파운드 소스도 차별하지 않았다. 소스와 가니쉬 하나까지도 그랬다.

"자, 요리 나왔습니다."

플레이팅을 마친 윤기가 모두를 바라보았다.

"……."

누구도 움직이지 못한다. 뜻밖의 상황이기 때문이었다.

"왜요? 맛없어 보여요?"

윤기가 진 팀장을 바라보았다.

"그게 아니라……."

"그럼 얼른 드세요. 다들 배고프잖아요. 어제 오늘 죽도록 고생했는데 이런 거 하나 못 먹으면 무슨 자부심이 들겠어요."

"송 셰프……."

그래도 망설이니 윤기가 테이블 세팅까지 해치웠다. 그때 홀 카운터 쪽에서 소란이 들렸다.

"셰프님?"

주희가 윤기를 돌아보았다.

"뭐죠?"

"작은 사고가……."

"사고?"

"3번 테이블요. 거기 손님 하나가 흰 정장을 입고 왔는데 식사 후에 시상식에 가셔야 한답니다. 그런데 최근 밤샘 촬영으로 피로가 겹쳐 코피를……."

"코피라고요?"

"굉장히 황당해하시면서 호텔 세탁실에서 해결할 수 없냐고 하시는데 세탁실 직원들이 다 퇴근을 해서……."

주희가 울상을 짓는다.

"3번 테이블이라고 했죠?"

윤기가 홀 안으로 들어섰다.

"실례합니다."

문제의 테이블 앞에서 매너부터 갖췄다.

"어, 송 셰프님이다."

그녀의 일행들이 윤기를 알아보았다.

"옷에 코피를 쏟으셨다고요?"

"네……."

"제가 좀 봐도 될까요?"

"네……."

여자가 가슴팍을 내려본다. 딱 그 위치였다. 봉긋 튀어나온 가슴팍. 거기 두 방울의 코피가 선명하게 물들어 있었다. 위치로 보아 장식물로 가릴 수 있는 곳도 아니었다.

"기다리세요. 제가 해결해 드릴게요."

"정말요?"

"네, 그러니 편안하게 요리 즐기시고요."

"셰프님, 세탁실 직원들은……."

주희가 따라나오며 현실을 주지시켰다.

"제가 세탁실 대타로 뛰면 되죠."

"셰프님이 세탁 기술도 있어요?"

"없으면 만들어야죠."

윤기가 주방으로 들어섰다. 팀원들을 위한 등심구이는 어느새 비워져 가고 있었다.

"전 신경 끄고 마저 드세요."

당부를 하고 채소 보관실 문을 열었다.

'있다.'

윤기 머리가 밝아졌다. 양배추의 새순이었다. 코피의 해결사다. 바로 데워 액즙을 만들었다. 끓이는 것도 아니니 오래 걸리지 않았다.

"주희 씨."

복도를 걸으며 방법을 알려 주었다. 손님은 여자, 게다가 가슴팍이니 윤기가 직접 시도할 수 없는 일이었다.

"잠깐만요."

주희가 문제의 손님에게 양해를 구했다. 액즙을 리넨에 적신 후 윤기를 돌아본다.

끄덕.

윤기가 신호를 보냈다. 윤기를 믿는 주희, 심호흡을 한 후에 코피가 물든 부위를 문질렀다. 그러자 마법이 펼쳐졌다. 선명한 붉은색이 사라진 것이다.

"어머?"

손님의 입이 귀밑으로 올라갔다. 두어 번 더 문지르자 이제는 표시가 나지 않았다.

"우와, 마법?"

"우리 셰프님의 처방이에요."

주희가 윤기를 바라보았다.

"고맙습니다. 다른 데 알아봐도 옷 사이즈 맞는 게 없어서 어쩌나 싶었는데 덕분에 살았어요."

여자가 일어나 윤기에게 인사를 했다.

"도움이 되어 다행입니다."

"요리만 잘하시는 게 아니네?"

"그럼 맛난 시간 되시기 바랍니다."

인사를 갖추고 돌아섰다.

이 광경이 신마에게 치명타를 날리는 한 축이 되었다. 옆 테이블의 손님들이 찍어 동영상으로 올려 준 것.

[성자의 셰프, 메시아 셰프가 되어 돌아오다.]
[시상식 의상에 코피를 흘린 수상자, 송 셰프 도움으로 위기 일발 탈출]

이 동영상이 관심을 받을 때 폭발적인 기폭제가 올라왔다. 바로 전자담배를 피우며 바비큐를 굽는 사진 한 장이었다. 복장으로 보아 신마호텔의 주방 직원이었다.

이 사진은 이상백이 투입한 후배 기자가 건져 올렸다. 약점을 잡을 생각은 없었다. 이벤트 전반을 비교할 생각이었지만 이건 상식 밖의 일이었다.

사진이 공개되자 메시아 셰프로 명명된 동영상이 폭발하기 시작했다.

신마호텔은 넋이 나가고 말았다. 설상가상, 그들이 투입한 허 기자의 폄훼성 보도도 기대를 저버렸다. 리폼 조리 팀에서 작은 하자가 있는 요리까지 폐기하는 사진을 게재함으로써 그랑 서울의 손을 들어준 것이다.

레오나르도 다 빈치 이벤트의 마지막 날.

디너 타임이 시작된 직후에 진정한 낭보가 날아들었다.

"송 셰프님."

그 소식을 가져온 건 이리나였다.

"무슨 일이죠?"

윤기가 주방 입구로 나갔다.

"우리가 이겼어요."

이리나가 윤기 팔을 잡고 흔들었다.

"이기다뇨?"

"신마호텔 말이에요. 손님들이 그러는데 거기 파리 날리고 있대요."

"네?"

"손님 친구분이 무료 시식권을 받았대요. 어제 뉴스 나온 거 모르고 갔는데 시그니처 홀이 텅텅 비었더래요. 요리를 주겠다고는 하는데 차마 먹을 맛이 안 나서 나왔다고 전화가 왔대요."

"그래요?"

"혹시 몰라 제가 알바 한 명 보내 봤는데 정말이라네요. 완전 초상집이래요."

"신마 시그니처 홀이 초상집이라고요?"

명규가 뛰어나왔다.

"그렇대요. 손님이 하나도 없대요."

"셰프님."

명규가 반색을 했다.

"송 셰프."

"셰프님."

진규태와 팀원들도 몰려 나왔다.

"쉬잇."

윤기가 모두를 진정시켰다.

"왜들 이래요? 우리는 아직 이벤트 안 끝났습니다."

"송 셰프……."

"요리의 진짜 승부는 자기와의 싸움입니다. 한 치의 흐트러짐도 없이 요리에 임하세요. 맛이라는 거 한 단계 올리기는 어려워도 흐트러지는 건 잠깐이라는 거 아시죠?"

"네."

"불손하게 신마의 도전을 받았지만 결국 우리 요리의 평가는 손님들이 하는 겁니다. 정신 줄 바짝 조여 매세요."

주의를 환기시킨 윤기가 다시 숯불 앞에 섰다. 8장 겹쳐 굽는 등심구이는 끝나지 않았다. 새우구이 역시 진행 중. 그렇다고 해도 기분이 좋은 건 어쩔 수 없었다.

'리차드 손…….'

오만하던 얼굴이 스쳐 간다. 그들의 무리수이자 자충수였다. 신마호텔은 국내 굴지의 5성 호텔. 가만히 있어도 그랑 서울보다 우위에 있을 수 있었다. 설령 윤기의 리폼 홀이 부각된다고 해도 신마호텔 요리부의 아성까지 뭉갤 수는 없었다.

욕심이 화를 불렀다.

4성 호텔의 요리가 부각되는 꼴을 보지 못한 것이다. 거기에는 윤기가 무명이라는 것도 한몫을 했다. 어떻게 보면 리차드 손은 운이 없었다. 리폼에 와서 적의 실체를 파악한 것까지는 좋았다. 그러나 그날, 윤기가 없었다. 그 시각 싱가포르에서 중국과 라트비아의 고수를 상대하고 있었다. 그걸 간과했다. 오만에 사로잡혀 리폼의 수준을 깔본 것이다.

"셰프님."

창혁이 창을 가리켰다. 설 대표와 유 이사였다. 모두가 몰려와 윤기를 기다리고 있었다. 윤기는 요리에 충실했다. 마지막 요리가 나가기까지, 최선을 다할 뿐이었다.

"주희 씨, 마지막 세트 나왔어요."

인터폰을 하고서야 주방 입구로 나갔다.

"송 셰프."

설 대표가 주먹을 불끈 쥐었다.

"들었지? 신마호텔이 초상집이라는 거?"

유 이사도 흥분 상태였다.

"대표님."

"왜?"

"목이 무사하신 거 축하드립니다."

"……?"

"그럼 저는 손님들께 마무리 인사를 드려야 해서……."

빙그레 미소를 남긴 윤기가 설 대표를 지나갔다.

"아, 저 사람 진짜……."

유 이사가 혀를 내두른다.

"프로야, 진짜 프로."

설 대표가 웃었다.

"뭐, 그렇기는 하죠. 신마호텔을 잡다니……."

"그러고 있을 거야? 이벤트 팀 밥이라도 사 줘야지?"

"밥 가지고 되겠습니까? 자그마치 신마호텔을 뭉갠 거라고요."

"나도 알지만 송 셰프가 술에 젖을 사람인가? 인사 끝나는 즉시 원하는 거 물어보고 예약 잡아."

설 대표의 엄명이 떨어졌다.

"송 셰프."

리폼 홀로 들어가는 윤기에게 이상백이 카메라를 들이댔다. 그를 위한 포즈를 마다하지 않았다.

"표정 좋고."

이상백이 엄지를 세워 주었다.

"송 셰프다."

"송 셰프야."

윤기가 들어서자 테이블이 술렁거렸다.

"셰프님."

율미가 손을 흔든다. 오늘도 육식만과 합석. 둘은 앞으로도 종종 조인트 먹방을 열 거라고 했다.

"다 빈치 요리 괜찮았어?"

"최고였어요."

율미 목소리가 높아진다.

"육식만 님은요?"

"두말하면 잔소리. 저 영감 뿜뿜거리는 소리 안 들리세요?"

육식만도 만족 백배였다.

찰칵.

인증 샷을 박고 다음 테이블 인사를 챙겼다. 끝쪽 두 테이블은 아직 요리가 남았다. 하지만 어쩐 일인지 진행을 못 하고 있는 눈치였다.

"도와드릴 게 있나요?"

윤기가 다가섰다.

"저희가 원래 소식인데 이 요리는 너무 욕심나서 다 먹고 가려고요. 그런데 배가 안 꺼지네요."

손님들이 해사하게 웃었다.

"아무래도 그만 먹어야겠어요."

두 여자는 광고기획자와 카피라이터였다.

"제가 도와 드려요?"

"아뇨. 무리하면 체할 것 같아서……"

"요리가 많이 남지 않았으니 다 드시고 싶으면 저를 따라 해 보세요. 바로 소화되는 소리가 들릴 겁니다."

윤기가 팔을 구부렸다 위팔과 아래팔의 뼈가 만나는 곳, 살짝 움푹 팬 곳이었다.

"엄지로 여섯 번만 눌러 보세요, 한 번은 약하게 한 번은 강하게 세 세트."

"맞다. 셰프님이 체기나 딸꾹질 잡는 데도 명인이랬어."

앞의 여자가 윤기를 따라 한다. 그러자 동행도 엄지로 교차점의 팬 곳을 자극하기 시작했다.

하나.

한 세트가 끝났다.

"강하게 할 때는 조금 더 세게 하세요."

윤기가 강도를 바로잡아 주었다.

"이렇게요?"

둘에 이어 세 번째 세트에 들어갈 때였다. 앞자리의 여자 목에서 돌연 트림 소리가 나왔다.

끄윽.

시원해.

그게 신호였다. 앞자리의 여자는 그보다 더 큰 트림을 쏟아냈다.

꺼억.

무안한 그녀들이 고개를 들었을 때 윤기는 거기 없었다. 그녀들의 프라이드를 위해 자리를 비켜 준 것. 먼 윤기를 바라보던 그녀들은 결국 접시를 다 비워 냈다.

"미션 완료."

두 여자가 하이 파이브를 나눈다. 슬쩍 테이블을 돌아본 윤기, 모른 척, 퇴장하는 손님들 배웅에 나섰다. 오늘은 이벤트의 마지막 날. 리폼 팀과 지원 팀, 서빙 팀 전체가 도열을 했다.

"안녕히 가십시오."

"다시 모실 수 있기를 바랍니다."

모두의 목소리는 한결같이 힘이 넘쳤다.

"셰프님."

트림의 여자들이 마지막으로 나왔다.

"좋은 시간 되셨나요?"

"덕분에요."

"감사합니다."

"죄송하지만 기념 촬영 한 장 될까요?"

"영광이죠."

윤기가 허락하자 두 여자가 윤기 좌우로 포진했다. 각자 핸드폰을 꺼내 셀피를 찍는다. 딱 원샷이었다.

"저희요, 실은 대기업의 신상 프로젝트와 연결이 되었어요. 그래서 영감이 필요했는데 다 빈치 이벤트가 있다잖아요? 하지만 너무 늦게 안 바람에 완판이 되었더라고요."

"그래요?"

"예약 대기에 넣었다가 겨우 자리를 얻었어요. 그래서라도 셰프님 요리를 남기고 싶지 않았어요. 이틀 동안 올라온 SNS의 게시물들도 그랬고요"

"네에……."

"다 빈치 세트 먹고 좋은 아이디어 떠올랐다는 웹툰 작가에 새 자동차의 컨셉을 제대로 잡았다는 자동차 디자이너……."

"……."

"덕분에 접시 싹 비우고 나니 용기백배하는 거 있죠. 저희들 아무래도 이번 광고 따낼 것 같아요."

"그러실 겁니다."

"그거 결정되면 직원들 다 데리고 플렉스 하러 올 거예요. 그때도 다 빈치 세트 먹을 수 있을까요?"

"미리 예약하시면 문제없습니다."

"고맙습니다. 셰프님."

두 여자의 인사가 이벤트의 마무리가 되었다.

"셰프님."

주희가 슬쩍 엄지를 세워 보인다.

"주희 씨도 고생 많았어요."

그녀의 수고를 위로했다.

"제가 뭘……."

"아뇨. 가장 빠르고 가장 헌신적으로 기여했어요. 열심히 뛰어다닌 거 몇 번이고 보았거든요."

"그거야 제 직무니까……."

주희가 얼굴을 붉힌다. 칭찬을 고마움으로 받아들일 줄 아는 여자. 그래서 더 믿음이 가는 주희였다.

"팀장님도 수고하셨어요. 요리보다 빛나는 지휘였어요."

이리나도 함께 챙겼다. 주희와의 형평성 때문이기도 하지만 서빙 지휘만큼은 깐깐한 성격만큼이나 제대로였다.

"송 셰프."

설 대표가 다가왔다.

"대표님."

"수고했어."

그가 윤기를 품었다. 그리고 반가운 뒷말을 이었다.

"여러분, 정말 고생했어요. 저녁은 내가 쏠 테니까 다들 나갑시다."

"와아."

직원들이 환호한다. 대표의 격려에 리폼 팀원들은 사기충천. 진규태의 지원 팀까지도 잔뜩 고무되었다.

"송 셰프, 진짜 대박이었어."

주방에 들어서서도 에르베의 감격은 멈추지 않았다.

"나도 그래. 신마호텔과 깜냥도 안 된다던 요리 동기 새끼들, 다 죽여 버릴 거야."

경모는 끝내 눈물을 흘린다.

"저도요, 제 친구 놈들 그냥 안 둘 거예요."

재걸도 눈물이었다.

"그래. 지금 당장 분을 푸세요. 이제 요리만큼은 우리가 신마호텔의 별을 넘었다고."

팀원들을 위로한 윤기가 다시 앞치마 끈을 묶었다.

"왜?"

옷을 갈아입으려던 에르베가 물었다.

"딱 7인분이 남았거든요. 후딱 만들면 되니까 옷 갈아입으세요."

윤기 손이 다시 날기 시작했다. 마치 다 빈치 요리의 완결판을 보는 기분이었다. 고이 준비된 등심을 구워 내더니 레스팅을 하는 동안 다른 메뉴를 완성시켰다. 3종 나무칩의 재료와 주키니 호박꽃에 칵테일 큐브와 와인 서벗까지 준비가 이어졌다.

"예약이 남았었어요?"

명규가 물었다.

"남았지."

윤기는 카트를 당겨 마지막 7인분을 실었다.

"후딱 다녀올 테니까 준비하고들 있어요."

그걸 밀고 주방을 나섰다.

"뭐지?"

모두가 궁금하다.

빈 다이닝 룸에 이르자 주희가 보였다.

"모셨어요?"

"네. 기다리고들 계세요."

"그럼 부탁해요."

카트는 주희에게 넘기고 먼저 룸으로 들어섰다.

"송 셰프."

중앙 테이블에 있던 이상백이 일어섰다. 현장 사진을 체크하던 중이었다.

"대성황 축하합니다."

이상백이 악수를 청해왔다.

"기자님 덕분이에요."

"천만에. 유려한 요리 구성 덕분이지. 예약자들 취재해 봤는데 만족도가 굉장했어요. 진짜 다 빈치 식탁에 앉은 것 같았다고들 하더라고요."

"벌써 후기 취재까지 하셨어요?"

"거물들이 한둘이었어요? 송 셰프가 프리 패스까지 주었으니 제대로 누렸죠. 거물들의 식사 장면도 수십 장 찍었어요. 물론 허락을 받았고요."

"그 테이블이 아직 두 개 남았습니다."

"그래요? 늦는 손님이 있나 보죠?"

"그렇다네요. 굉장한 분들인데 일 때문에 너무 바빠서 이제야 겨우 오셨다고."

"하지만 이미 다 끝났는데……"

"기자님이라면 그런 손님 거절할 수 있겠어요?"

"그렇기는 하지만."

"마지막까지 취재해 주실 거죠?"

"나야 상관없죠. 더 좋은 기삿감이 될 수도 있고."

"그럼 시작하겠습니다."

윤기가 룸 입구를 돌아보았다. 그러자 주희가 카트를 밀고 들어섰다. 이상백 앞으로 온 주희, 정중한 서빙 매너와 함께 세트를 세팅하기 시작했다.

"송 셰프?"

이상백의 눈이 휘둥그레졌다. 그제야 감이 오기 시작했다. 윤기가 말한 '그분'의 한 사람이 이상백 자신이었다.

"제 이벤트에 와 주신 분들, 다 소중했지만 이 마지막 세트를 받는 분은 특별하게 소중한 사람입니다. 게다가 그분은 제 요리를 먹어 보고서야 기사를 쓰시는 분이니 사양하지도 않을 것 같습니다. 더 중요한 팩트는……."

"……?"

"미치도록 뛰어다녀 배도 고플 테니 그런 분이 먹어 주지 않는다면 이 이벤트는 성공이라고 할 수 없을 것 같습니다."

"송 셰프……."

이상백의 눈동자가 울컥 흔들렸다.

"도와주셔서 감사합니다. 정성껏 만들었으니 바쁜 마음 내려놓으시고 편하게 즐겨 주시기 바랍니다."

윤기와 주희가 정중하게 고개를 숙였다.

심쿵.

"……."

이상백은 말을 잃었다.

윤기는 뒤편의 테이블로 옮겨 갔다. 드론 동호회 회원들이었다. 그들에게도 똑같은 말로 고마움을 표했다.

"저희들, 알바비 따로 받았는데……."

"이거 굉장히 비싼 요리잖아요?"

그들도 감격에 젖는다.

"요리 가격이 문제가 아니죠. 여러분이 아니었으면 최고의 이벤트를 연출하지 못했을 거예요. 그러니 편안하게 즐겨 주세요."

윤기의 매너는 미치도록 정중했다.

압도.

그것이었다.

감격.

그것이 모두의 심경을 강타했다.

"그럼……."

윤기와 주희가 문을 나가는 동안에도 이상백과 동호회원들은 입을 열지 못했다. 예상치 못한 한 방이었다. 그런데 그 한 방이 못 견디도록 행복했다.

"그러니까 내가 이 마지막 요리를 즐길 자격이 있다는 거지?"

이상백이 중얼거렸다.

그 말이 구미를 촉발시켰다. 팔을 걷고 나섰다. 그런 의미라면 나무튀김의 부스러기는 물론, 접시 바닥의 소스들까지 싹싹 해 치워 줄 용의가 있었다.

제4장
—
요리에 빠진 재벌님

"이거 너무 빈약한 거 아니야?"

음식점 내실 안에서 설 대표가 머쓱한 인사말을 날렸다.

"하지만 송 셰프 오더라서 말이지……."

머쓱함에 정당성을 입힌다. 윤기가 원한 건 사실이었다. 테이블에 세팅된 건 김이 모락거리는 밥이었다. 정갈한 나물과 조기, 꽁치튀김, 소고기로 보이는 고기볶음이 전부였으니 신마호텔을 꺾은 뒷풀이로는 조금 약해 보이기도 했다.

하지만 그건 일반인들의 생각이었다. 호텔, 특히 양식을 하는 셰프들의 로망은 집밥이다. 한 번은 특급 셰프들에게 물었다.

생의 마지막 순간에 가장 먹고 싶은 요리는?

그들의 대답이 놀라웠다.

캐비어도, 제비집요리도, 푸아그라나 흰색 트러플, 샥스핀도 아니었다.

[가정식 집밥]

어째서 그럴까?

셰프들은 참신한 메뉴를 찾아 평생을 정진하지만 정작 그 영감의 시작은 어릴 때 먹은 집밥에 있었다. 그러니 당연한 일인지도 모른다. 일종의 귀소본능. 요리에서도 예외가 아니었다.

"일단 먹읍시다."

설 대표가 자리에 앉았다. 동동주가 한 잔씩 돈다. 살얼음이 둥실 떠 있다. 윤기에게 건배사가 넘어왔다.

"요리제국 그랑 서울."

가벼운 복창과 함께 식사가 시작되었다.

"밥 잘하는 집요."

설 대표가 물었을 때 윤기가 한 말이었다. 밥은 마성이다. 어쩌면 모든 맛의 출발이었고 어쩌면 모든 맛에 대적할 수 있는 파워를 가지고 있었다. 그럼에도 결코 잘난 척하지 않는다. 많은 사람들이 그 파워를 얕보지만 밥의 저력은 시시때때로 나타난다.

진수성찬을 먹고 나서도, 고가의 스테이크를 썰고 나서도, 밥한 숟가락의 유혹에 빠지는 경험은 어렵지 않다.

LGY가 호평을 받는 이유에는 메밀주먹밥이 중심추를 잡아주는 까닭도 있었다.

밥알은 잘고 한 알 한 알마다 윤기가 흘렀다. 향은 구수하고 뒷맛은 달아 씹을수록 맛이 깊어진다. 씹히는 탄력도 알맞다. 갓 도정한 쌀이 틀림없었다.

간장 한 숟가락을 넣고 비볐다. 참기름 한 방울은 필수. 그런 다음 조기 살 한 점을 올려…….

아흠…….

입에 넣자 온몸의 긴장이 나긋나긋 풀어지기 시작했다. 조기와 밥, 간장의 궁합은 제대로였다. 그러나 그 중심은 누가 뭐래도 밥이었다.

창혁은 주희와 이리나 등의 서빙 팀 여직원들을 위해 봉사(?)하고 있었다. 뜨거운 꽁치를 수직으로 세워 살살 누른다. 그런 다음 반으로 가르니 뼈가 저절로 분리되었다.

"어쩜."

주희가 신기해하자 창혁이 윤기를 바라보았다. 윤기가 알려 준 노하우였기 때문이었다. 모른 척 고기볶음 한 점을 물었다. 고기의 정체가 궁금했다.

"……?"

윤기 미각이 살짝 정지했다. 정말이지 오랜만에 보는 아이템이 올라온 것이다.

"소고기 같은데 어느 부위지?"

조리부장은 물론이고 진규태까지 궁금해한다.

"부드럽고 담백한 걸 보니 살치살인가?"

"지방이 있는 걸 보니 양지일 수도?"

호기심이 당기자 다양한 의견이 나왔다.

"송 셰프?"

설 대표가 윤기를 바라보았다. 조리부장의 경륜보다도 윤기를 더 신뢰하는 그였다.

"이거……."

대답하려다가 이리나를 바라보았다.

"맛있는 걸 보니 채끝살 아닐까요?"

그녀는 또 한 점을 집어 들었다. 입맛에 제대로 맞는 모양이었다.

"우설입니다. 소 혀요."

"네?"

윤기의 말에 놀란 이리나가 들었던 고기를 놓쳐 버렸다.

"으악, 소 혀?"

소 혓바닥?

도도한 이미지와 맞지 않다고 느낀 걸까? 급정색을 하는 이리나였다.

그런데 몰라서 그렇지 소 혀는 맛의 보고다. 그랑 서울호텔에서는 다루지 않지만 윤기가 모를 리 없었다. 그 옛날 역아는 소혀로 황제의 신망을 산 적이 있었다. 한두 번이 아니었다.

소 혀는 두 섹터로 나눠 요리를 한다. 앞쪽은 먹이 활동으로 많이 움직이는 곳이라 좀 질기다. 구이보다 푹 고아 내는 게 좋은데 부드럽게 익으면 감칠맛 덩어리가 된다.

구이로는 흰 돌기가 돋아난 뒤쪽이 알맞다. 마블링이 우수해 부드럽게 녹는다. 지금 먹고 있는 부위가 그것이었다.

마침 주인이 들어왔다.

"사장님, 이거 말입니다."

유 이사가 검증에 들어간다. 윤기를 못 믿어서가 아니라 분위기가 그랬다.

"이야, 호텔 요리사님들이라더니 다르시네. 소 혀 맞습니다."

주인의 확인이 나왔다.

"오늘 싱싱한 놈이 들어왔지 뭡니까? 우리 식구들 먹으려다가 설 대표님이 고생하신 직원들을 모시고 온다기에 한 접시 올려 보았습니다. 하지만 정식 메뉴가 아니니 더 달라고 해도 못 드립니다."

의문의 고기에 대한 구구한 의견들은 그렇게 평정되었다.

난감해진 건 이리나였다. 표정을 보니 그 맛에 반했다. 그러나 이미지를 사수하느라 더는 먹지 못했다.

덕분에 주희와 다른 여직원들이 수지를 맞았다.

"다진 파를 올려 먹으면 색다른 맛이 날 겁니다."

윤기가 팁을 더해 주었다.

"어머, 맛이 더 깊어지는 거 같아요."

"정말 그렇네?"

맛의 신세계다. 동시에 요리의 매력이었다. 세상에는 우리가 모르는 맛이 얼마든지 있었다.

"아니, 다들 걸신들렸어? 와규도 아니고 그깟 소 혓바닥을 가지고……."

이리나의 심통이 작렬한다. 이럴 때 보면 이리나도 제법 귀여운 구석이 있었다.

"정말 수고했네."

회식이 끝난 후에 설 대표와 2차를 갔다. 차를 사겠다는 권유 때문이었다.

"지원해 주신 덕분입니다."

공을 대표에게 돌렸다.

"아니야. 이건 송 셰프만이 할 수 있는 일이었어. 지원한다고 다 되는 게 아니거든."

"이제 시작인데요, 뭐."

"그 시작이 거침없으니까 하는 말 아닌가? 리폼은 이제 우리 호텔의 역사가 되고 있어."

"그럼 제대로 된 역사를 써 나가야죠."

"자네라면 그럴 수 있을 걸세. 본사와 여수 그랑도 엄청 자극을 받은 모양이야. 여수 그랑에서는 세계 해산물 이벤트를 계획 중이라더군."

"세계 해산물요?"

"각국의 희귀한 해산물들 말일세. 어느새 여수 그랑이 우리를 벤치마킹하고 있는 거야."

"좋은 현상입니다. 경쟁과 도전 속에서 요리가 발전하게 되니까요."

"다 빈치 특별전이 끝나고 나니 다음 구상이 궁금하네. 솔직히 말하면 자네 머리를 열어 보고 싶어."

"황금 알 거위의 배를 가르겠다는 소리처럼 들리는데요?"

"내가 그렇게 어리석겠나? 그만큼 궁금하다는 거야."

"할 일은 태산이죠. 보여 드린 것보다 보여 드릴 게 더 많으니까요."

"한 가지만 귀띔하면 안 되겠나? 프랑스 본사에 자랑도 할 겸."

"일단 보스키 도르 대회부터 끝내고요. 그다음에 재벌이나 상류층을 위한 요리전을 열 생각입니다. 한 번은 중장년 대상, 또 한 번은 청년들 대상⋯⋯."

"그것도 좋겠군."

"빅 이벤트들 중간에 봉사성 게릴라 이벤트도 한 번씩 끼워 넣으면 좋겠습니다."

"게릴라 이벤트?"

"리폼 개관할 때 장애인들 초대했지 않습니까?"

"무료 이벤트를 하겠다는 거로군?"

"예."

"그거라면⋯⋯."

설 대표가 말을 아끼기 시작했다.

"문제가 되나요?"

"본사에서 태클이 들어왔었네. 품격 높은 이벤트는 상관없지만 격이 낮은 사람들을 초대하거나 이벤트를 하는 건 허락을 받으라고 말이야. 호텔 이미지 때문에 관리가 필요하다는 거야."

"저는 호텔 이미지를 높이려고 하는 건데요?"

"하지만 본사의 마인드는 우리와 다르니까. 특히 우리 그랑 서울은 지금⋯⋯."

설 대표의 목소리가 살짝 가라앉았다. 좋지 않은 느낌이었다.

"실적 문제로군요. 전 세계 체인점 중에서 바닥을 기다 보니⋯⋯."

"뭐 그런 문제도 있고… 아무튼 자네 요리 덕분에 지표들이 개선되기 시작했으니 자네는 요리에만 신경을 쓰시게."

설 대표의 마무리가 급했다. 뭔가 말하기 곤란한 일이 있는 눈치였다.

그쯤하고 일어섰다. 경영 문제는 윤기가 관여할 수 없었다. 그랑 서울의 영업실적이 꼴찌권을 헤매는 건 주지의 사실이기 때문이었다.

"그럼 내일 보세."

설 대표의 차가 멀어졌다.

그 차가 가는 방향을 따라 신마호텔의 야경이 찬란하다. 초대형 현수막은 치워지고 없었다. 요리 서열은 일단 바꿔 놓았다. 그러나 비즈니스 센터와 국제회의장, 수영장 등의 인프라는 저들이 압도적. 그렇다면 그랑 서울은 이제 요리 중심으로 탈바꿈하는 게 옳았다.

그 말을 하려다 한숨을 죽였다. 설 대표는 바보가 아니었다. 그러니 잠깐은 기다리는 게 좋았다. 권력과 권위는 침범당하는 걸 싫어한다. 리폼의 약진을 함께 체험한 설 대표였으니 방향성을 제대로 잡아 줄 것으로 믿었다.

[보스키 도르 방콕 결선 초청장]

마침내 올 것이 왔다. 이메일을 초청장 속에 윤기 이름이 영어로 반짝거렸다. 몇 가지 안내가 줄지어 올라왔다. 시간과 장소, 참고 사항, 무엇보다 중요한 건 두 가지 요리 주제였다.

[생선]

[육류]

올해의 식재료는 두 가지였다.

말이 그렇지 디테일하게 들어가면 이야기가 달라진다. 지구상의 생선은 셀 수 없이 많았으니 멸치부터 고래까지 포함할 수 있었다. 육류도 그렇다. 일반인들 기준이라면 닭, 돼지, 소 정도에 한정되지만 요리사 입장에서는 두 발이든, 네 발이든 그 발로 움직이는 것과 날아다니는 모든 것들이 육류였다.

긴장하지 않았다.

오히려 기대했다.

호텔에서 쓰는 육류는 한정이 있었다. 괴식이나 몬도가네 전문이 아니고는 특별한 육류를 다루지 않는다. 보편적이지도 않거니와 일반적인 손님들에게 혐오감을 줄 수 있기 때문이었다.

역아의 시대에는 그런 게 보편적이었다. 호랑이부터 악어, 코끼리와 도마뱀까지 다루지 않은 것이 없었다. 역아에게는 오히려 고마운 아이템들이었다. 같은 재료로도 색다른 맛을 낼 수 있지만 다른 재료라면 말할 것도 없었다.

황제의 미식 때문이었다. 그는 진정한 미식가였다. 역아의 의도이기도 했지만 그는 늘 새로운 요리를 좋아했다. 그렇기에 일년 365일, 같은 메뉴를 두 번 올리지 않았던 역아. 우주에서 날아온 육류가 아니라면 역아의 손을 거치지 않은 재료가 거의 없었다.

"셰프님."

비가 내리는 수요일 아침, 출근길의 윤기를 주희가 불렀다.

"왜요?"

윤기가 다가서자 예약자 명단을 내밀었다. VIP석에 붉은 밑줄을 친 이름 하나가 보였다.

[페드로 우에르타 & 바바라]

"혹시, 그분 아니세요? 싱가포르 종신심사 위원 추천 셰프 전……?"

"……?"

윤기 눈이 휘둥그레졌다. 이름 자체는 그가 맞았다. 바바라 역시 페드로의 딸이었다. 하지만 그는 멕시코에 산다. 한국에 투자 진출을 꾀하고 있다고도 하기는 했지만…….

확신은 들지 않았다. 그렇다고 연락을 해 볼 수도 없는 일이었다.

"몇 시죠?"

"두 시 정각요. 그냥 넘어가려다가 이름이 생각나서요."

"……?"

"게다가 이분이 주변 테이블까지 네 개나 예약해 버렸거든요. 그러면서도 오는 사람은 둘이라고… 그건 곤란하다고 했더니 10인분 이상 먹을 거니까 염려하지 말라고 하네요."

플렉스.

페드로의 탄성이 귓전에 울렸다. 그런 배포라면 페드로일 가능성이 더 높아진다.

"예약 메뉴는요?"

"그것도… 셰프께서 알아서 해 줄 거라나요? 장난인 줄 알고 예약받지 않으려고 했는데 대행해 주는 에이전시가 워낙 유명한 데다 보증금 조로 500만 원을 선입금 해 버려서……."

"알았어요. 그 페드로일 가능성이 높지만 그가 아니어도 받아야겠네요."

윤기가 돌아섰다.

핸드폰을 잡은 손가락이 근질거린다. 99.9%의 확률로 페드로였기 때문이었다.

하긴 어쩌면 조금 늦은 건지도 모른다. 안드레아의 사후 20여 년, 그제야 만난 그의 요리. 그다음 날 날아왔어도 이상할 게 없는 사람이었다.

'마르코 폴로의 술 토디와 토끼고기부터 준비해야겠는걸?'

두 토 자 돌림이 윤기 머릿속에서 깡총거리기 시작했다.

＊　　　　＊　　　　＊

"송 셰프."

허브와 식용꽃들 사이에서 아이템을 찾을 때였다. 에르베가 다가와 선물을 안겨 주었다. 보스키 도르 결선 요리 모음 자료집이었다.

"한틱 쏴. 이거 구하느라고 똥물 탔어."

에르베의 불어는 오늘도 한글과 짬뽕이었다.

"똥물 아니고 똥줄 아닌가요?"

"맞다. 똥줄……."

"그런데 그런 말은 아무 데서나 쓰면 안 돼요."

"나도 알아 비속어. 하지만 입에 착착 붙으니까. 송 셰프 요리 처럼?"

에르베의 비유가 살짝 옆길로 샜다. 사실 외국인의 한국어는 웬만하면 용서가 된다. 남의 나라 말을 배운다는 건 그만큼 어려웠다.

"뭘로 한턱 낼까요?"

결선 요리 자료집은 귀하다. 파는 것도 아니고 그가 취합을 했다. 뭐든 들어줄 용의가 있었다.

"기발하고 참신하면서 뿅 가는 요리 개방?"

"마침 봐 둔 게 있네요."

윤기가 집어 든 건 보라색 커먼말로우 꽃이었다. 식용꽃 사이에서 봐 두었던 것. 결국 찾아내고만 윤기였다.

"그 물 뜨겁죠? 여기 부어 보세요."

윤기가 커먼말로우를 넣은 컵을 내밀었다.

"꽃차?"

"부어 보시면 알아요."

"향이 좋은 건가……?"

끓는 물을 붓던 에르베의 시선이 정지되어 버렸다. 꽃이 파란색으로 변하고 있었다.

"와우, 매직. 이거 조화 아니지?"

"절대 아니죠. 그리고 아직 끝난 게 아닌데요?"

"아니라고?"

"이것도 넣어 보세요."

윤기가 레몬을 슬라이스를 내밀었다. 그걸 넣자……

"송 셰프."

에르베가 비명을 지른다. 레몬이 들어가자 물속의 꽃 색이 한 번 더 변했다. 이번에는 핑크였다.

"PH?"

분자요리를 배운 에르베였다. 바로 감을 잡았다.

"맞아요. 팔색조 색소 안토시안계의 마법이죠. 커먼말로우가 그렇거든요."

정중하게 마법 꽃차를 바치고 리폼 홀로 향했다. 손님들을 챙길 시간이었다.

"송 셰프님."

여기저기서 윤기를 부른다. 이유는 셀피 때문이다. 이제는 루틴이 되어 버린 인증 샷이었다. 몇 군데 호응해 주고 창가의 VIP석으로 향했다. 그쪽 손님이 손을 들었기 때문이었다.

"요리 끝내주네요."

30대 초반의 남자였다. 명품 옷에 명품 시계를 갖췄다. 앞의 여자도 그랬다. 좀 나가는 집안들인 모양이었다. 요리는 황금 관자에 라이스, 솔잎 페트소의 파스타, 그리고 꼬냑 칵테일이었다.

"여기는 제가 짝사랑하는 화요 씨입니다. 송 셰프님 요리 예약하고 겨우 약속을 받았어요. 덕분에 환자 임플란트 이식도 미뤄 두고 오긴 했지만요."

나 치과의사예요.

그의 말속에 숨은 자부심이었다.

여자는 데면데면하다. 남자보다는 요리에 더 관심을 갖고 있었다.

그런데…….

그다지 만족스러운 표정이 아니었다.

"요리가 마음에 안 드시나요?"

윤기가 체크에 나섰다.

"그게……."

"말씀하셔도 됩니다. 소스에 문제가 있으면 바꿔 수도 있고요."

"아니에요. 제가 입맛이 이상한 건지……."

"오다가 접촉 사고 났다면서요. 긴장해서 그래요. 그만 가 보세요."

남자가 참견에 나선다.

"아닙니다. 불편하시면 요리 교환해 드리겠습니다. 금방 되니까 조금만 기다리세요."

윤기가 황금관자 라이스 접시를 뺐다. 남자의 표정이 굳는 게 보였다. 그의 반응은 좀 예민했다.

"……?"

주방으로 돌아와 소스 맛을 체크하던 윤기 표정이 굳었다. 요리에 상상도 못 할 문제가 있었다.

"다들 모여 봐요."

윤기 목소리가 거칠었다. 모두가 긴장을 한다. 이런 일은 좀처럼 드물었기 때문이었다.

"이 요리에 소스 뿌린 사람 누구죠?"

"내가 했는데?"

경모가 나섰다.

"그 전에 뭐 다른 거 만졌어요? 약품이라든가?"

"영양제를 먹기는 했어."

"냄새가 강한 거 만지면 손 씻으라고 했잖아요?"

"씻었어. 두 번이나……."

"영양제 좀 줘 보세요."

"여기……."

경모가 영양제 병을 내밀었다. 비타민을 주성분으로 하는 알약이었다.

"이 냄새 아니에요. 다른 건요?"

"그것밖에 안 만졌어."

"분명 약 냄새 같은데?"

윤기가 팀원을 바라본다. 다들 모르는 눈치다. 그러던 중에 문득 예민한 남자가 스쳐 갔다.

'치과의사…….'

그런데 치과 냄새가 나지 않았다. 의사들은 병원에서 산다. 당연히 병원 냄새가 난다. 다른 사람은 몰라도 윤기는 알 수 있다. 그 입으로도 분명 임플란트가 어쩌고 했었다. 그런데 왜 병원 냄새가 나지 않을까? 그리고 나지 말아야 할 냄새는 왜 요리에서?

"경모 선배."

"응?"

"전에 그런 말 한 적 있었죠? 뉴욕에서 일할 때, 못된 주방 직원이 마음에 드는 여자를 데려와 음식에 약을 넣은 다음에 강제 추행을 했다고?"

"주방 직원은 아니고 직원의 친구."

"이 요리 새로 하나 준비해 주세요."

지시를 남기고 주희를 불렀다.

"그 손님들요?"

"네."

"음… 요리 나온 후에 여자분이 자리를 잠깐 비우기는 했었어요. 전화가 왔었거든요."

"알았어요."

"뭐가 잘못되었어요?"

"아뇨. 잠깐만요."

불길한 예감이 왔다. 보안실로 뛰었다. 가는 길에 만난 직원들 인사도 대충 받았다.

"찾아보죠."

보안팀 육 대리가 CCTV 화면 점검에 들어갔다. 두 사람의 테이블은 리폼홀 카운터에서 좀 멀었다. 몇 분인가 열중하던 육 대리가 결정적인 화면을 잡아냈다. 남자였다. 여자가 없는 사이에 여자 접시에 뭔가를 뿌리는 모습이었다.

"약을 넣는 것 같은데요?"

육 대리의 의견이었다. 그는 경력직으로 옮겨 왔다. 원래는 백화점 보안 팀에 있었다. 도난 사건 같은 것을 주로 맡다 보니 상황 판단이 빨랐다.

"확실해요?"

"제 경험상 99%입니다."

"그럼 저 남자가 여자를 노린다는 뜻이군요?"

"그런 것 같습니다."

"어떻게 하면 좋을까요?"

"요리 새로 나갈 때 여자분을 살짝 불러오실 수 있겠어요? 세 프님 짐작이 맞으면 다시 시도할 겁니다. CCTV 각도는 제가 조절해 보겠습니다."

"여자에게 직접 보여 주자?"

"그게 좋을 것 같네요. 두 사람이 어떤 사인지 모르니까요."

"알겠습니다."

윤기가 보안실을 나왔다.

주희에게 부탁해 여자를 불러냈다. 요리 문제에 대한 사과의 뜻으로 행운의 기념품을 증정한다고 둘러댔다. 새 요리는 그사 이에 세팅이 되었다.

[셰프님, 걸렸습니다.]

육 대리의 문자가 들어왔다.

"저기, 손님……."

윤기가 설명에 들어갔다.

"요리에 약이 섞인 것 같다고요?"

여자가 소스라쳤다.

"그런데 저희가 섞은 게 아닙니다."

"그럼요?"

"잠깐만 따라오시죠."

보안실로 데려가자 육 대리가 녹화 장면을 보여주었다.

혼자 남은 남자였다. 새로운 황금관자 라이스가 놓이자 주변을 살피기 시작한다. 아까보다는 구분이 용이한 각도였다. 자신의 가방에서 작은 병을 꺼냈다. 그걸 여자의 요리 위에 뿌리고 포크로 저었다. 그런 다음 시치미를 떼고 딴청을 부렸다.

"저희 요리가 이상했던 이유가 저거였습니다."

"……."

윤기 설명이 끝나자 여자가 돌아섰다.

"폭풍 한번 몰아칠 것 같은데요?"

육 대리가 어깨를 으쓱해 보였다.

"수고했어요."

육 대리에 대한 인사부터 챙겼다. 두 사람의 개인 사정은 모른다. 어쨌든 윤기의 요리에 생긴 하자가 이쪽 잘못은 아니라는 건 증명한 셈이었다.

여자가 돌아오자 남자는 급 친절 모드로 들어갔다.

"무슨 선물이길래 이렇게 오래 걸리죠?"

여자는 대꾸도 없이 남자의 가방을 집어 들었다. 그녀의 손에 작은 갈색병이 딸려 나왔다.

"왜 이래요?"

남자가 묻지만 여자는 단호했다. 그 안의 액체를 남자의 요리에 다 부어 버렸다.

"먹어 봐요."

"예?"

"먹어 보라고요, 내 요리에 이거 부었잖아요?"

"이봐요, 화요 씨."

"먹어 보라고요, 이거 무슨 약이에요? 설마 비타민제는 아닐 테고⋯⋯."

"⋯⋯."

"먹어. 안 먹으면 이거 경찰에다 분석 의뢰할 거야. 아니, 우리 아빠 회사 분석실에서 할 수도 있어."

"화요 씨⋯⋯."

"먹으라고."

여자가 접시를 들이댔다.

"아, 씨⋯ 이 여자가 갑자기 왜 이래?"

남자가 정색을 하고 나왔다.

"이 여자?"

"됐어. 그 병 이리 내놔. 그거 소화제야, 소화제."

남자가 달려들지만 여자에게 닿지 못했다. 육 대리였다. 어느 틈에 다가와 남자의 손을 제압해 버린 것.

짝.

분노한 여자가 남자의 따귀를 날려 버렸다.

"나쁜 새끼, 사람을 뭘로 알고⋯⋯."

여자가 치를 떨었다.

빙고.

윤기가 쾌재를 불렀다. 사실 윤기도 한 방 날리고 싶었다. 하지만 참았다. 윤기의 폭행은 문제가 될 수 있기 때문이었다.

남자는 결국 경찰에 인계되었다. 약을 뿌린 요리와 CCTV 화면도 증거로 협조해 주었다. 경찰에서 온 대략의 통보는 놀라웠다. 여자는 유명한 식품업체의 딸이고 남자는 무직에 전과 4범이었다. 약은 물뽕이라는 마약이었고 남자는 마약 상습 투약자였다.

치과의사라는 건 사기였다. 치과의사를 사칭해 여자에게 접근해 사기를 치려 한 모양이라는 게 경찰의 귀뜸이었다.

"선배."

경모에게 사과의 커피부터 내밀었다. 이유야 어쨌든 의심의 화살을 받은 건 사실이었다.

"무슨 소리야? 주방에서 해야 할 당연한 주의였는 걸."

경모가 이해해 주었다.

"그럼 고맙고요."

"송 셰프 요리가 유명세 타니까 별놈들이 다 있구나. 하긴 요즘 여기 예약하기가 하늘의 별따기인가 보더라고. 나 쳐다보지도 않던 여자한테도 카톡 오는 걸 보니."

"어? 혹시 윤아?"

관자를 다듬던 명규가 돌아보았다.

"너도냐?"

"나한테 부탁을 하잖아요? 그래서 선배님에게 한번 연락해 보라고 했죠."

"몇 사람인데요?"

윤기가 물었다.

"세 명?"

"그럼 원하는 날 오라고 하세요. 3인분 더 준비할 테니까."

"진짜?"

경모 표정이 확 밝아졌다. 윤아라면 그 여자였다. 어렵사리 데이트 약속을 잡았지만 윤기에게 계란 테러(?)를 당한 날. 그래서 데이트 장소에 가지 못한 경모. 그때는 몰라도 이제는 사람이 변했다. 그래도 여자 밝히는 건 변하지 않았을 테니 도움을 주고 싶었다. 사랑을 원하는 셰프는 사랑을 해야 요리가 더 맛있어지는 법이니까.

"나 진짜 연락한다?"

"그러라니까요."

확약을 주고 돌아설 때였다. 주희에게서 인터폰이 들어왔다.

"셰프님, 페드로 님 도착했어요."

페드로?

윤기 촉각이 단숨에 곤두섰다.

둘이서 다섯 테이블을 찜해 버린 사람. 멕시코의 페드로와 똑같은 이름. 안드레아의 테이블에 앉기 위해서라면 어떤 대가도 치를 각오가 되어 있는 사람의 하나. 정말… 정말 그가 온 걸까?

그렇다면.

영접을 해야지.

그 갸륵한 마음을.

"저쪽이에요."

주희가 예약 테이블을 가리켰다. 런치 타임의 열기는 한숨 죽었지만 단품 손님들은 아직 많았다.

"송 셰프님."

그냥은 지나갈 수 없었다. 세 테이블의 손님들과 인증 샷을 찍었다. 그제야 페드로의 예약 테이블과 가까워졌다. 핸드폰에 열중하던 여자아이가 고개를 들었다.

"아빠, 송 셰프."

오기 전에 사진이라도 보여 준 걸까? 여자아이가 먼저 반응했다. 등을 보이던 남자가 고개를 돌렸다. 천천히 드러나는 남자의 면모. 콧수염이 조금 더 자랐지만 틀림없는 페드로 회장이었다.

"송 셰프."

바로 일어나더니 윤기를 포옹해 버린다.

"회장님, 연락도 없이……."

"셰프 목소리 들으면 마음이 더 급해질 것 같아서 말이죠."

"예약 명단 보고 깜짝 놀랐습니다."

"저기는 내 딸 바바라라오. 말만 그렇지 실은 내 감시자지."

"그럼, 아빠는 덩치만 큰 철부지거든요."

바바라가 악수를 청해 왔다.

"저쪽은 한국의 사업 때문에 만난 분들이라오. 두 명쯤 추가는 괜찮겠죠?"

페드로가 옆 테이블을 가리켰다. 그가 예약한 테이블의 하나였다.

"내가 여기 예약을 부탁했더니 저분들이 그래요. 여기 요리는 별로라고. 그래서 내가 내기를 걸었죠. 진짜 그렇다면 저쪽에서 내건 계약조건 그대로 받아들이고, 아니면 내가 내건 조건을 받아들이라고."

"제 요리에 계약을 거셨단 말씀입니까?"

"다른 건 몰라도 당신 요리 까는 건 용서 못 하지. 내 딸 바바라라고 해도."

"아빠."

딸의 레이저 눈빛이 견제구로 들어온다. 연두색 바지에 노랑 상의. 화사한 패션 감각답게 견제구도 거침이 없었다.

"너도 먹어 보면 알 거다. 엄마에 대한 그리움을 잊어버리게 만들도록 치명적이라는 거. 뭐 너무 반해서 여기 눌러앉는다고 고집 부릴까 봐 걱정이긴 하다만."

"나 아빠한테 속아서 따라온 거거든요?"

"누구나 시작은 그렇게 하는 법이지. 나도 나를 미치게 하는 셰프를 우연히 만났거든. 그것도 두 번씩이나."

"아무튼 다시 모시게 되어 영광입니다. 어떤 메뉴로 올릴까요?"

"바바라가 내 속셈을 알고 짜증 낼 때 황제의 요리를 먹여 준다고 둘러댔어요. 그러니 표트르 대제의 성찬이 가능할까요? 안드레아는 1시간 30분 안에 끝내던데?"

"카샤와 생선수프, 소고기 전병, 철갑상어알과 토끼구이 말이죠? 카샤에 들어가는 재료 중에서 개암열매를 메밀로 쓰는 것만 허락하신다면 문제없습니다."

"그 정도는 문제없어요."

"비용은 시가입니다."

"그건 더 문제없고."

페드로가 잘라 말했다.

[표트르 대제의 성찬]

바로 화제가 되었다. 윤기가 시도하지 않았던 메뉴였다. 주희는 물론이고 이리나의 촉각까지 곤두섰다. 주방 분위기는 한술을 더 떴다. 모두의 시선이 쏠린 것이다.

　일단은 김풍원에게 먼저 전화를 걸었다.

　"러시아 맥주 크바스가 필요합니다. 열 병 정도면 되고요, 시간은 한 시간 드립니다."

　야자나무 술 토디가 아니라 크바스였다. 표트르 대제의 성찬에는 그게 진리였다.

　─구해 보기는 하겠…….

　김풍원의 대답이 나오기도 전, 윤기의 손은 벌써 요리에 돌입하고 있었다.

＊　　　　＊　　　　＊

　페드로 일행 네 명의 체취는 모두 달랐다. 그나마 바바라는 페드로와 공통점이 있었다. 유전자는 속이지 못한다. 아내가 없는 페드로. 그건 처음 알았다. 안드레아의 시대에 그는 독신이었다.

　표트르 대제의 성찬.

　다른 황제들의 요리에 비해 소박한 편이었다. 동시에 수줍음과 야성의 맛을 함께 보여 준다. 그것은 곧 표트르 대제의 성격과도 닮았다. 그는 수줍은 사람이었지만 폭발할 때는 걷잡을 수 없었다.

그가 즐겨 먹은 건 카샤였다. 카샤는 물이나 우유에 곡물을 넣어 자작하게 끓여 먹는 요리에 속한다. 표트르는 이 카샤를 볼이 터지도록 넣고 먹는 걸 좋아했다.

그의 식욕은 토끼구이에서 절정에 달한다. 러시아 맥주 크바스는 그 짝꿍이었다. 벌컥벌컥 들이켜며 토끼고기를 뜯었다.

안드레아는 그랬다. 역사 속의 요리를 공부할 때면 황제와 위인들의 일상까지 들여다보았다. 그래야만 더 나은 요리를 만들 수 있기 때문이었다.

[소고기, 농어, 철갑상어알, 메밀, 토끼]

주재료의 분량을 적어 창혁에게 넘겨 주었다.

[육두구, 파슬리 뿌리, 팔각, 계피, 정향열매와 꽃]

주로 쓰이는 향신료는 윤기가 직접 찾았다. 향신료에 카르다몸이 필요한 까닭이었다. 카르다몸은 향신료의 여왕으로 불린다. 사프란에 비할 바는 아니지만 고가에 속한다. 표트르의 신분에 걸맞은 향신료는 이것 하나뿐이었다.

철갑상어알이 있지 않냐고?

물론 그렇다. 하지만 1690년대 당시, 철갑상어알은 근위병들도 먹는 음식이었다.

카르다몸은 소량만 필요하다. 그러고 보면 고가의 향신료들은 향이 깊거나 오래간다. 조금만 써도 되니 다행이었다.

"마시고 해."

조리대로 나오자 에르베가 우유 스무디를 내밀었다. 바나나와 블루베리를 넣어 만들었다.

"뇌물이죠?"

윤기가 불어로 물었다.

"표트르 대제의 성찬… 안 볼 수 없잖아?"

"뭐, 알고 보면 굉장히 간단한 요리들이에요."

스무디는 개운했다.

일단 토끼고기부터 착수했다. 마리네이드 소스를 만들었다. 파슬리 뿌리와 후추, 월계수잎, 정향 열매 등을 레시피대로 맞춘 후에 포도 식초를 듬뿍 넣고 끓였다. 그들의 통솔력은 카르다몸에게 맡겼다. 여왕다운 위엄이 있기 때문이었다.

식은 소스에 토끼고기를 재워 진공상태로 만든 후에 수비드 수조에 넣었다. 이런 방법이 없다면 페드로는 오늘 제대로 된 토끼고기를 먹을 수 없었다. 안드레아가 처음 찾아낸 원조 레시피는 30시간 이상이 걸렸다. 마리네이드 시간 때문이었다.

원조 레시피에 더한 건 타임과 카엔페퍼였다. 가급적이면 전생의 레시피에 따르지만 토끼고기의 상태가 그랬다. 황제의 레시피라고 해도 잡내는 용서되지 않는다. 페드로의 미각 역시 마찬가지일 것으로 생각했다.

이번 요리는 오븐이 주인공이었다. 피로슈키부터 카샤, 토끼구이까지 오븐을 돌려야 했다.

"창혁아, 계란 좀 부탁해. 완숙으로 15개."

"완숙입니까?"

창혁이 확인을 해 왔다. 여간해서는 완숙을 쓰지 않는 윤기였다.

"응, 완숙."

윤기가 확인해 주었다. 완숙 계란은 피로슈키에 들어간다. 다진 상태로 고기와 함께 쓰인다.

"재걸이는 작은 얼음 조각 좀 준비해 줘."

지시가 이어진다. 그때마다 경모와 명규의 촉각도 집중된다. 다른 요리에 잘 들어가지 않는 재료들. 그것만으로도 저절로 신경이 쓰였다.

윤기의 손은 소고기를 썰고 있다.

사삿사삿.

도마 위에서 바람 소리가 들린다. 그 소리가 끝나자 소고기는 작은 주사위로 변했다. 오래 감상할 여유는 없다. 고기는 어느새 팬으로 투하되고 다진 양파와 함께 볶아지고 있었다. 마지막에는 석쇠에 올려 너도밤나무 숯불에 살짝 그을린다. 그 하나만으로 소고기의 맛은 한층 깊어졌다.

짧은 레스팅이 끝나자 칼의 연주 소리가 높아졌다. 이번에는 다지기였다. 손쉬운 믹서가 있지만 쓰지 않는다. 결을 따라 섬세하게 들어가는 칼날과 무지막지한 믹서가 만드는 맛은 달랐다. 육두구와 후추 등을 맛을 보강한 후에 완숙 계란을 다져 넣었다. 그것으로 소의 준비는 끝났다.

피로슈키는 일종의 밀전병이다. 사각형 피에 재료를 넣고 삼각 형태로 접은 후에 테두리를 붙이면 완성이다. 작은 얼음 조각은 그때 쓰였다. 재료와 함께 안에 들어간 것이다.

얼음 조각?

가만히 지켜보던 재걸의 눈이 반짝거렸다.

"220℃에서 10분, 나중에 180℃에서 20분. 40분 뒤에 진행하도록."

액상 버터를 입은 재료들. 오븐에서의 핸들링은 창혁에게 맡겼다. 그사이, 경모 역시 오븐과 씨름을 하고 있었다. 생크림이었다. 180℃로 가열하면 표면에 거품막이 올라온다. 그걸 따로 모은다. 이걸 10번 이상 반복해야 하는 것이다.

손이 많이 가는 건 역시 토끼구이였다. 오븐에서 익어 가는 동안에도 자체에서 흘러나온 즙과 마리네이드 소스를 계속 끼얹어야 했다. 조금이라도 소홀하면 맛의 결이 무너진다. 손님이 몰라도 윤기는 안다. 그렇기에 한 치의 소홀함도 없어야 하는 과정이었다.

"카샤?"

윤기의 체크가 시작되었다.

"오븐에 들어갑니다."

"피로슈키?"

"지금 들어가요."

팀원들의 복창을 들으며 윤기도 토끼고기 즙으로 익혀 낸 감자와 버터에 볶은 사과를 고기에 추가했다. 토끼고기가 다 익기 전에 함께 익혀 내는 것이다. 그래야 고기의 풍후한 맛을 배게 할 수 있었다.

보글보글.

농어 '우하'가 뭉긋하게 고아지는 동안 캐비어와 함께 먹을 빵,

크림을 준비했다. 이건 보드카와 함께 먹지만 보드카는 생략했다. 대신 다른 것을 추가했으니 예비 숙녀 바바라를 위한 것이었다.

물론.

페드로를 위한 개미산 준비는 절대 잊지 않았다.

땡.

찡.

오븐의 타이머들이 수고를 끝내는 소리가 들렸다.

"요리 나왔습니다."

대기 중인 주희에게 성찬의 완성을 알렸다.

"질문?"

앞치마를 벗으며 재걸에게 물었다. 호기심이 얼굴에 가득했으니 윤기가 모를 리 없었다.

"피로슈키 소에 들어간 얼음 조각요?"

"그거라면 창혁이가 말해 줄 수 있을 거 같은데?"

윤기가 창혁을 바라보았다. 얼마 전에 창혁이 했던 질문이었다.

"핵심은 튀김을 바삭하게 만들기 위해. 원리는 차가운 상태라야 고온의 기름에 들어갈 때 수분이 더 빨리 날아가기 때문. 바삭함의 생명은 수분 날려 보내기."

창혁의 설명은 윤기의 복사판이었다. 토씨 하나 틀리지 않았다.

"아……."

재걸의 의문이 눈 녹듯 풀린다.

"다른 방법으로는 탄산수로 반죽하거나, 냉장고에 넣었다가 튀겨 내도 됨."

"오케이?"

창혁의 설명이 끝나자 윤기가 재걸을 바라보았다.

"네, 셰프님."

재걸이 환하게 웃었다.

그 순간, 맞춤하게도 김풍원이 보낸 러시아 맥주가 도착했다. 그는 프로페셔널이었다. 그냥 실어 보낸 게 아니라 얼음을 채운 아이스박스에 보낸 것이다.

땡큐.

물기가 흐르는 크바스에 키스를 보냈다. 먹기 알맞게 차가워서 더 마음에 들었다.

"5인분쯤 추가될 거야. 나머지도 준비하고 있어."

5인분.

윤기의 예언(?)이다. 이 예측들은 기막히게 들어맞았다.

그동안 주희의 카메라가 돌아갔다.

"표트르 대제의 성찬요?"

찰칵.

"네."

"정식 메뉴에 올려요?"

찰칵.

"네."

리폼에 또 하나의 메뉴가 추가되었다.

"오."

페드로의 반응은 마비에 가까웠다. 부동자세로 세운 상체가 그대로 멈춰 버렸다.

"……?"

바바라의 반응도 아까와 달랐다. 눈동자에 호기심이 가득해졌다. 눈만 보면 페드로와 붕어빵이었다. 그 피를 받았으니 맛난 것에의 본능적 반응까지 살짝 닮았다.

"따님은 러시아 맥주를 낼 수 없어 요리에 들어간 향신료로 분위기에 맞는 음료를 만들었습니다."

윤기가 바바라의 음료를 가리켰다. 노랑과 연두의 경계층이 섞이다 만 빛깔이 압권이었다.

"나도 맥주 마실 수 있는데……."

바바라가 음료를 집어 들었다.

"……?"

한 모금 맛보더니 잔을 바라본다. 그러더니 바로 불만을 풀었다.

"맛있네?"

바로 원샷에 들어간다. 그걸 본 페드로가 윤기를 바라보았다. 아빠로서의 자부심이 불타는 눈빛이다. 설명을 부탁해. 그의 눈은 그렇게 말하고 있었다.

"향신료의 여왕으로 불리는 두 가지를 우유와 섞은 음료입니다. 사프란과 카르다몸이죠. 따님의 취향을 고려해 은은한 향의 꿀을 조금 첨가했습니다."

"색깔이 너무 예뻐요."

바바라가 입술을 핥으며 말했다.

"손님이 입고 있는 패션의 색깔이기도 하죠."

"엄마야, 그러고 보니?"

바바라가 화들짝 놀랐다. 그녀의 옷이 그랬다. 연두색 바지에 노란 상의. 윤기의 센스는 거기까지 미치고 있었다.

사실 색감만 깔맞춤을 한 건 아니었다. 바바라의 체취는 달달했다. 두 향신료는 그 조건까지 충족했다. 사프란을 몇 가닥 우유에 넣으면 우유가 노란색으로 변한다. 맛은 달달하다. 카르다몸은 우유를 연둣빛으로 변신시킨다. 이 역시 가벼운 단맛을 낸다. 그 베이스에 꿀을 넣어 기호를 저격했다. 사프란 우유 위에 카르다몸을 부어 색상 감각까지 맞춰 줌으로써 바바라의 경계심을 녹여 버린 윤기였다.

"아, 이 요리를 표트르 대제가 먹었다고? 이 깊고 풍후한 맛… 다른 셰프는 죽어도 이 맛을 못 내지."

농어로 만든 수프 우하를 입에 넣은 페드로가 깊은 감상에 젖었다.

"플렉스, 플렉스……."

그 말이 몇 번이고 반복된다.

우하의 개미산은 잘게 썬 레몬으로 위장했다. 그 위에 수프를 올렸으니 레몬의 향을 따라 뭉긋하게 퍼지고 있었다. 음미하면 할수록 페드로의 마음을 사로잡는 맛이 거기 있었다.

맛에 심취하던 페드로, 스푼을 멈추고 바바라를 바라보았다. 믿기지 않게 얌전하다.

"알았어. 맛있으니까 용서해 줄게. 대신 너무 오버는 하지 마."

바바라의 허락이 떨어졌다. 즉 편안하게 먹어도 된다는 사인. 그것은 곧 페드로 스타일의 무지막지한 흡입 스타트를 알리는 말이었다.

카샤는 두세 번에 바닥이 났다. 피로슈키 역시 폭식의 희생물이 되었고 우람한 토끼고기조차 눈 깜빡할 사이에 사라졌다. 가니튀르로 딸린 감자와 사과는 한입거리도 되지 않았다.

"셰프?"

크바스 잔까지 비워 낸 페드로가 윤기를 바라보았다.

"더 준비하겠습니다."

추가 주문이다. 눈빛만 봐도 아는 윤기였으니 바로 추가에 들어갔다.

[5인분]

윤기의 예측은 빗나갔다. 바바라가 추가 주문을 한 것이다. 덕분에 6인분으로 늘었다. 그녀를 위한 특제 음료도 4잔이나 추가되었다.

정량으로 끝난 건 페드로의 비즈니스 파트너들뿐이었다. 그들은 추가 오더를 내지 않았다. 페드로와의 옵션 때문이었다. 맛있다고 인정하는 순간 거액의 대가를 감수해야 했다.

"그래서요? 맛이 없다고요?"

식욕의 욕망을 제대로 채운 페드로가 두 사람을 바라보았다.

"그게… 맛이 없는 건 아니지만 그냥저냥……."

이들의 대화도 영어였다. 둘은 적당한 단어를 고르느라 진땀을 빼고 있었다.

"그냥저냥?"

"표트르 대제의 성찬이라는 건 독특하지만 이만한 맛집은 흔합니다. 게다가 올리브나 그 오일조차 넣지 않은 요리를 놓고 특선이라뇨?"

"방금 그 말, 진심이오?"

"예, 이 요리는 흠이 많은 것 같습니다."

"그 말에 책임질 수 있소?"

페드로의 목소리에 힘이 들어갔다.

"예……."

"그럼 가 보시오."

"예?"

"당신들 회사와 협력하지 않겠소."

"페드로 회장님?"

"내가 이래 봬도 글로벌 미식가로 꼽히는 사람이오. 아까 올리브를 말하던데 그건 얼마 전까지만 해도 실험실에서나 쓰던 거라오. 그러니 표트르 대제의 성찬에 나오면 사기지."

"……."

"그건 그렇다고 치고… 내가 뉴욕에서 러시아, 파리와 도쿄, 베이징까지 섭렵하지 않은 미슐랭 맛집이 없을 정도라오. 그러다 보니 먹는 사람들 얼굴만 봐도 알 수 있는데 당신들 표정근은 분명 이 요리를 좋아했어요. 그런데 입으로 나오는 평가는 반대로군요?"

"……."

"식욕은 인간의 가장 원초적인 성향입니다. 그것조차 속이는 사람들을 어떻게 믿고 거래를 하겠소?"

페드로의 사자후였다. 두 사람은 하얗게 질려 갔다.

"가 보시오. 아니면 솔직히 인정하고 여기 송 셰프님에게 정식으로 사과를 하든지."

페드로가 던진 대안 또한 폭탄선언이었다.

페드로 회장.

만면의 카리스마가 강력했다. 게다가 그는 투자자의 입장. 갑 중의 갑이니 비지니스 파트너들이 넋을 놓을 수밖에 없었다.

'푸홋.'

윤기가 혼자 웃었다. 그들은 상대를 잘못 골랐다. 페드로가 그렇고 윤기가 그랬다. 그랑 서울이 최고급 호텔이 아니라는 선입견 때문이었다.

"안젤라, 나야."

페드로 회장이 핸드폰을 집어 들었다.

"오늘 만난 한국 친구들과의 교섭은 중단할 테니 플랜 B에서 제안서를 받아 둬."

"회장님."

통화 중에 파트너들이 허리를 접었다.

"죄송합니다. 저희가 큰 결례를 저질렀습니다."

"결례?"

페드로가 파트너들을 노려보았다.

"셰프에게 사과를 하겠습니다."

"이제야 송 셰프의 요리를 인정한다?"

"예."

"선행 조건은 어쩌고?"

"회장님 제안에 따르겠습니다."

"그럼 일단 사과부터 하시오. 우리 계약 문제는 그다음이니까."

페드로가 윤기를 가리켰다.

"셰프님, 미안합니다. 요리는 최고였는데 계약 문제로……."

두 파트너가 윤기에게 다가와 고개를 숙였다.

"진심입니까?"

"예."

"어떻게 최고였나요?"

"참을 수 없이 깊은 감칠맛이었습니다. 한입 물면 다 넘기기도 전에 마구 퍼 넣고 싶은… 페드로 회장님이 폭식으로 자극하니 더 견디기 어려워 강철의 인내심으로 참았습니다."

"그러셔야죠. 그런데 두 분의 요리는 페드로 회장님 부녀 요리와 맛의 갈래가 달랐습니다."

"예? 같은 요리 아니었습니까?"

"겉은 그렇죠. 하지만 소스 베이스부터 다릅니다. 회장님 쪽은 단맛과 신맛을 살렸지만 두 분 것은 감칠맛을 살렸거든요. 두 분이 그쪽 선호자들 같아서요."

"그걸 어떻게?"

"사람도 채소나 과일처럼 나름의 특성이 있으니까요."

"……"

파트너들은 또 한 번 질식했다. 부정할 수 없는 취향 저격이었다.

"가 보세요. 계약의 우위를 점하기 위한 일이었다니 이해하겠습니다."

"사과를 받아 주신 겁니까?"

"마무리는 페드로 회장님 몫으로 보입니다만."

"그런데……."

"……?"

"페드로 회장과 어떤 사이십니까? 이제 보니 엄청난 관계로 보입니다만."

"그 대답도 회장님의 몫입니다."

윤기의 답은 명쾌했다.

"회장님, 다시 한번 죄송하게 되었습니다."

파트너들이 페드로 앞으로 돌아갔다.

"요리를 무시하는 건 셰프의 인격을 무시하는 일이지. 하물며 최고의 요리를 무시하는 건 셰프에 대한 테러와 다름이 없소."

"면목 없습니다."

"아무튼 사과를 했으니… 일단 사무실로 돌아가시오. 나는 계산한 후에 송 셰프랑 이야기 좀 나누다 가겠소."

"계산은 저희가 하겠습니다."

"내가 내기로 했는데 당신들이 왜?"

"저희가 결례를 저지르지 않았습니까? 그러니 양해를 바랍니다."

"뭐 그렇다면야……."

페드로가 윤기를 바라보았다.

"얼마죠?"

파트너 한 사람이 윤기에게 물었다.

"이 요리는 스페셜이라 시가입니다."

"그러니까 얼마를 계산하면 됩니까?"

"이 요리에는 기준 가격이 있는데 손님의 만족도에 따라 그걸 기준으로 계산하시면 됩니다."

"자유 지불제라는 겁니까?"

"오늘의 기준 가격은 1인분에 42만 원, 추가 6인분으로 총 10인분을 드셨습니다."

42만 원.

곱하기 10이면 420만 원이었다.

"그럼 이걸로 420만 원을……."

법인카드를 내밀자 그의 동료가 옆구리를 찔렀다.

만족도.

그 변수를 계산하지 않은 것이다. 그들이 페드로를 돌아보았다. 그가 지켜보고 있었다. 페드로와 딸은 신의 성찬이라도 먹는 듯 만족스러워했다. 더구나 그가 지불하겠다는 걸 굳이 받아낸 상황. 420만 원을 내는 건 또 한 번의 결례가 될 수 있었다.

"셰프님."

파트너 한 사람이 나지막이 속삭였다.

"회장님을 잘 아시는 것 같은데 이럴 때 보통 얼마를 내십니까?"

"참고하시려는 모양인데 저분 수준에 맞추기는 곤란하실 겁니다."

"괜찮습니다. 부탁드립니다."

"싱가포르의 예를 들면……."

잠시 뜸을 들이던 윤기가 뒷말을 이어 놓았다.

"비트코인 열 개를 주셨습니다만."

"뭐라고요?"

"비트코인 열 개."

"비트코인 열 개요?"

두 파트너의 얼굴이 일그러졌다. 페드로가 있지만 물어볼 수도 없었다.

"참고로 말이오,"

그걸 바라보던 페드로가 혼잣말처럼 중얼거렸다.

"나는 여기 있는 손님들 계산을 다 하려던 참이었소."

"……!"

파트너들, 또 한 번의 충격파에 휩싸였다. 페드로는 그냥 한 말이 아니었다. 분명히 그랬을 것이다. 그들은 결국 페드로의 말에 따랐다. 골든벨을 울리고, 페드로의 식사비로 1,000만 원을 긁고 나갔다. 윤기가 또 웃었다. 페드로를 몰라도 너무 모르는 사람들이었다.

남은 회장 부녀를 위해 나무튀김 3종과 식용꽃 튀김 3종을 서비스해 주었다. 바바라의 카메라가 그냥 놀지 않았다.

찰칵.

셔터 소리와 함께 그녀의 불만은 다 날아가고 없었다.

"셰프님, 여기 좀 앉으세요."

그녀가 윤기 팔을 당겼다. 어느새 윤기의 팬이 된 모양이었다.

"어땠냐? 송 셰프의 요리?"

페드로가 딸에게 물었다.

"아빠가 왜 송 셰프, 송 셰프 노래를 불렀는지 알 것 같아요."

"그렇지?"

"우리 아예 코리아에서 살까요?"

"그래야겠다. 송 셰프가 멕시코로 오지 않겠다고 하니."

"아빠, 저녁도 여기서 먹자? 아니, 아예 호텔을 여기로 옮겨 줘."

바바라 성격도 페드로처럼 화끈했다.

"네가 고르고 고른 호텔은 어쩌고?"

"상관없어. 나 여기 있을래."

바바라는 윤기 팔을 잡고 놓지 않았다.

"될까요?"

페드로가 윤기에게 물었다.

"회장님이 묵을 만한 룸이 있는지 알아보겠습니다."

윤기가 이리나를 불렀다. 최고층의 로열 스위트룸이 비어 있었다. 가격은 박당 800만 원. 신마호텔의 1,500만 원에 비해 절반이었다. 그럼에도 반년 넘게 공실을 면치 못하는 형편이었다.

객실부장이 달려왔다. 스위트룸 고객이라면 공항 영접도 마다 않는 게 호텔의 생리기 때문이었다. 페드로의 남은 일정은 2박. 룸을 둘러본 바바라가 오케이 사인을 내자 페드로의 숙박이 결정되었다. 부가적으로 그의 수행원들이 묵을 방도 두 개나 나갔다. 요리 하나로 세계적인 투자 거물의 숙박을 교체해 버리는 윤기였다.

바바라는 바로 메뉴판에 얼굴을 묻었다. 고심에 고심을 거듭한 끝내 내린 결론이 나왔다.

"저녁은 이걸로 할래요."

[초자연 힐링 요정 세트]

바바라의 선택은 여먹4총사들이 먹었던 바로 그것이었다.

"내일 아침은 이것."

[레오나르도 다 빈치 세트]

"점심은 이거."

[LGY 스테이크]

메뉴에 심취한 딸을 보는 페드로의 눈빛이 그윽했다. 딸이 좋아하는 모습을 보는 것. 모든 아버지들의 로망이 그의 눈 속에 있었다.

재미난 건 그다음 일이었다. 페드로를 안내하고 리폼 홀로 내려오자 두 파트너가 보였다. 주희와 대화를 하다가 윤기를 보더니 성큼 다가왔다.

"셰프님."

"무슨 일이죠?"

"실은 아까 그 요리요, 추가 주문 좀 하고 싶은데 여직원이 안 된다고 하네요? 아직 정식 메뉴로 등록된 게 아니라고……."

"그렇습니다만."

"미안하지만 2인분만 추가로 안 될까요? 아까 하도 조심하면서 먹었더니 먹은 것 같지도 않고… 토끼구이와 카샤의 깊은 맛이 입에서 가시지를 않아서요."

"……."

"부탁드립니다."

"……."

재료가 없는 것은 아니었다. 디너 타임이 코앞이지만 무리하면 가능했다. 하지만 이런 사람들을 위해 수고하고 싶지 않았다.

"특선이라 재료가 마감되었습니다."

윤기의 답이었다.

"와아아."

디너 타임, 룸서비스로 힐링 요정 세트를 받아 든 바바라가 만세를 불렀다.

"아빠, 이것 좀 봐. 판타지에 나오는 엘프들이 먹는 요리 같아."

바바라가 페드로를 불렀다. 그는 전화 통화를 하는 중이었다. 전화기를 내려놓은 그가 식탁으로 다가왔다. 딸바보가 분명했다.

"플렉스."

이번에는 맛도 보지 않고 엄지를 세웠다.

초록초록한 어린 솔잎의 파스타와 오렌지 버터를 곁들인 황금 관자 라이스. 두 가지 요리의 칼라는 강력한 대비를 이루며 식욕을 자극했다. 지우더화의 판타지 역시 빠지지 않았다.

차는 철관음우롱차를 대신해 윤기의 신메뉴를 선보였다. 식혜와 숭늉의 비율을 조절한 그것이었다.

"어떻습니까?"

윤기가 소감을 물었다.

"몸이 날아갈 것 같아요. 사람이 먹는 요리가 아니라 요정들의 식사를 체험하는 기분이에요."

바바라의 목소리는 금세라도 터질 것만 같았다. 페드로는 딸의 환호에 묻어 간다. 그는 사실 자연식 취향이 아니었다. 하지만 사랑하는 딸 앞이다. 게다가 자신의 기호에 딱 들어맞는 맛. 페드로의 표정도 딸의 환상을 닮아 가고 있었다.

"아빠, 봐봐, 내 친구들이 너무너무 부럽대."

바바라가 핸드폰을 흔들었다. 조금 전 올려놓은 SNS에 좋아요가 차곡차곡 쌓였다. 그걸 바라보며 친구 이야기를 풀어 놓는다. 큰 손의 투자자 페드로. 윤기의 요리에 빠질 때처럼 귀를 기울이고 있었다.

조용히 자리를 비켜 주었다. 이 또한 셰프가 지켜야 할 매너였다.

디너 타임이 끝나고 스페셜 오더까지 끝나 갈 때 라운지 바텐더에게 인터폰이 들어왔다.

"로열 스위트룸의 손님께서 잠깐 볼 수 있냐고 하시는데요?"

로열 스위트라면 페드로였다.

"마감되었으니 잠깐 올라가죠."

통화를 마친 윤기가 앞치마를 벗었다.

"실은 오신 지 30분쯤 되었어요. 리폼 주방 끝나는 시간을 묻더니 거기 맞춰서 전화를 해 달라고 하셨어요."

플렉스.

이 말은 윤기 입에서 나왔다. 어쩌면 거만이 뚝뚝 묻어나는 페드로. 윤기에게 최상의 예우를 해 주고 있었다.

"피곤할 텐데 오라고 한 것 같습니다."

창가의 페드로가 자세를 고쳐 앉았다.

"회장님이야말로 좋은 호텔에서 옮겨 와 불편하시지 않을까 걱정되네요."

"바바라가 행복하잖아요? 이 세상 그 어떤 고급 호텔에서 묵는 것보다 행복한 밤입니다."

"따님은요?"

"SNS 하느라 정신이 없어요. 표트르 대제의 요리에 요정의 요리를 먹었다며 자부심에 불타고 있는 걸 보고 나왔습니다."

"모쪼록 만족하시니 기쁩니다."

"내가 기쁘죠. 송 셰프를 만나게 되어서."

"감사합니다."

"아까 먹은 요정 세트… 실은 바바라의 엄마도 그런 류의 요리를 좋아했어요. 문득 생각이 나더군요. 두루두루 감회가 깊은 순간이었습니다."

"그러셨군요."

"바바라 말대로 내가 한국으로 오든지, 아니면 송 셰프를 강제 납치라도 하든지 해야 할 거 같습니다. 이건 우리 바바라의 허락까지 받은 일입니다."

"한국에도 투자를 하신다니 더 자주 뵐 수 있지 않을까요?"

"차라리 송 셰프가 요리 사업 같은 거 하나 벌이면 어떻습니까? 그럼 더 자주 만나게 될 것 같은데?"

"그럼 저한테 투자를 하실 건가요?"

"조크 아닙니다. 좋은 아이템이 떠오르면 연락하세요. 내 인생에 새로운 행복을 안겨 준 사람인데 이제는 우리 딸까지 행복해하고 있어요. 어차피 모르는 사람의 비전에도 투자하는 사업. 셰프의 일이라면 기꺼이 투자하겠습니다."

"회장님."

"진심입니다. 요리 외의 일로 셰프와 인연을 엮어 둔다면 마음이 더 놓일 것 같기도 하고요."

"말씀이라도 고맙습니다."

윤기가 웃었다.

이날, 윤기는 페드로의 제안을 의례적인 인사로 들었다. 하지만 이 말이 인연이 되는 날이 다가오고 있다는 것. 그것만은 윤기도 잘 알지 못했다.

*   *   *

윤기를 기다리는 손님은 또 있었다.

"셰프님."

이번에도 주희였다. 마감 직전의 리폼 홀, 8번 테이블에 두 사람이 남았다.

"아까 그분이에요."

주희가 속삭인다. 낮에 터진 사고의 주인공, 백화요와 젊은 남자였다.

"어머, 셰프님."

윤기가 다가서자 화요가 벌떡 일어섰다.

"저를 기다리신다고요?"

"네."

"무슨 일이죠?"

"안녕하세요? 저 화요 누나 사촌 동생입니다."

앞의 남자가 인사와 함께 명함을 건네왔다.

[변호사 & 변리사 공유열]

명함에 찍힌 직업이었다.

"아, 네……."

"일단 좀 앉으시죠."

"예……."

"인사가 늦었습니다. 낮에 우리 누나를 구해 주셔서 고맙습니다."

"아닙니다. 당연한 도리였어요."

"아니에요. 그 인간, 알고 보니 의도적으로 접근을 했더라고요. 동종 전과도 많고요."

화요가 설명을 시작했다. .

"네……."

"얼마나 치밀한지 감쪽같이 속고 있었어요. 제가 건강 관리 받는 대학병원에서 만났거든요. 거기 의사 가운에 거기 신분증을 패용하고서요."

"네……."

"형사들 이야기를 들으니 여성들에게 약을 먹인 다음에 몹쓸 짓을 하고 동영상을 찍어 갈취한 돈이 무려 5억을 넘는다고 해요. 제게도 그럴 속셈이었고요."

"다행이네요."

"셰프님이 아니었으면……."

"……."

"해서 인사를 전하러 왔어요. 진작 오려고 했는데 그 인간 기록이 너무 많다 보니 제 피해자 조사가 좀 늦어져서요."

"저는 괜찮습니다. 피해를 막아서 다행일 뿐이지요."

"저는 아니에요. 실은 그 인간이 식사를 내겠다고 할 때 여러 장소를 제의했는데 여기가 끌렸거든요. 셰프님의 도움을 받으라는 하늘의 계시였던 거 같아요."

"손님의 안전을 지키는 건 셰프의 의무이기도 합니다. 다행히 손님께서 요리에 이상이 있다고 말해 주셔서 단서가 되었습니다. 저희 요리에서 그런 냄새가 날 리가 없거든요."

"그래서 더 미안하고 고마운 거예요. 괜한 셰프님 요리를 의심하고 그런 소동까지 벌여서요."

"결과가 좋으니 괜찮습니다."

"아버지께서 당장 가서 인사를 하고 한 번 모실 수 있는 약속을 받아 오라고 하셨어요. 제 생각도 그렇고요."

"손님."

"셰프님에게는 해프닝이었을지 모르지만 제게는 인생이 걸렸던 일이에요. 제발 보답할 기회를 주세요."

"보답을 바라고 한 일이 아닙니다만."

"셰프님."

"알겠습니다. 정히 그러시면 저 쉬는 날 차 한잔 정도는 괜찮을 것 같습니다."

"약속하신 거예요?"

"네."

"알았어요. 그럼 그날 뵐게요."

화요의 얼굴은 그제야 밝아졌다.

화요를 보내고 주방으로 돌아왔다. 창혁과 경모, 재걸 등은 아직도 퇴근하지 않고 있었다.

"왜들 안 갔어요?"

윤기가 묻자,

"먼저 가세요. 저희는 표트르 대제 요리 연습 좀 하고 갈게요."

창혁의 대답이었다.

"……."

윤기는 할 말이 없었다. 이제 보니 진규태까지 기웃거리고 있었다.

"팀장님은 또 왜요?"

"오늘 새 메뉴 나왔다길래. 구경 좀 하다 가려고."

"……."

"자자, 셰프님은 이제 그만 퇴장해 주시고요, 아 참, 토끼고기에 바른 생크림 그거, 발효 생크림이죠? 사과를 볶을 때는 버터를 써야 하고요?"

윤기를 밀어내던 창혁이 레시피 확인을 해 왔다.

"그래, 발효 생크림에 버터, 카르다몸은 3개만 넣고 두송 열매는 10개 정도… 밤을 새우든 말든 알아서들 해."

레시피를 확인해 주고 주방을 나섰다.

부릉.

클래식 미니에 시동을 걸면서 생각했다. 리폼 주방의 분위기가 점점 더 맛깔스러워지는 것 같다고. 요리에는 열정이 필요하다. 그래서 더 기대가 되는 팀원들이었다.

"미라클."

페드로 부녀가 떠나는 날 아침, 윤기의 요리 매직은 커먼말로우 꽃차였다. 뜨거운 물을 부으면 파란색이 되고 레몬을 넣으면 핑크색이 되는 이 차. 바바라의 영혼을 홀리고도 남았다.

하지만 그걸로 끝낼 윤기가 아니었다. 주희가 요리 덮개를 열자 판타지 하나가 천지창조처럼 모습을 드러냈다.

"와우."

바바라가 벌떡 일어섰다.

"아빠와 시간을 내준 바바라 양을 위한 제 마무리 선물입니다."

윤기가 요리를 가리켰다. 이단으로 쌓인 수플레였다. 보기에는 그랬다. 그러나 그 자태가 치명적으로 황홀했다. 보기만 해도 녹아 버릴 것처럼 부드러운 수플레. 아래위는 황금빛으로 익었다. 가니쉬로 올라간 건 두 장의 복숭아꽃과 얇은 누룽지에 초콜렛 조각을 뿌려 튀겨 낸 조각이 꽃혔다. 그 앞으로 새하얀 치즈 조각들이 보석처럼 반짝거리니 요리가 아니라 장식처럼 보였다.

"이건 차마 못 먹겠어요."

핸드폰을 들이대던 바바라가 고개를 저었다.

"아니죠. 멋진 요리일수록 먹어야 하는 겁니다. 그래야 마음에, 머리에, 유전자에 기억이 되거든요."

"기억?"

"그 기억은 사진보다 오래갑니다. 핸드폰이나 컴퓨터가 없어도 꺼내 볼 수 있고요."

"……?"

그 순간 페드로가 흠칫 반응을 했다. 안드레아였다. 윤기가 지금 한 말. 안드레아가 교주처럼 하던 말의 일부였다.

[네 몸은 성소(聖所), 좋은 요리를 먹은 사람은 배에도 머리가 생긴다. 그것들은 차곡차곡 레고 블록처럼 우수한 유전자로 쌓인다. 그러니 열광하고 즐겨라.]

페드로는 또 한 번 압도될 수밖에 없었다. 하물며 고작 사춘기에 불과한 바바라는…….

"아하."

한 입을 문 바바라는 숨을 쉬지 못했다. 입에 무는 순간 녹아 내린 것. 수플레는 단숨에 혀를 장악하고 온몸의 신경까지 무장 해제 시켰다. 부드러운 감칠맛 뒤에 따라붙는 달달하고 잡맛 없는 풍미가 미각 선율의 음계를 바짝 들어 올린 것이다. 그 악센트가 치명적이었다. 단맛은 바바라의 취향 저격이었으니 깊고 깊은 관통이었다.

"이런 수플레는……."

바바라의 눈은 그새 풀려 있었다.

"셰프."

페드로가 윤기를 바라보았다.

"네, 회장님."

"바바라가 궁금해하지 않소? 이제 우리 바바라도 요리를 알고 즐길 나이가 되어 갑니다."

끄덕.

페드로가 말하자 바바라도 공감을 표했다.

그렇다면 기꺼이 나서 줄 타임이었다.

"팬케이크, 혹은 수플레로 불리는 이 요리는 보통 밀가루와 우유, 버터 등으로 만드는 게 보통이지만 이 수플레는 오직 계란 흰자만을 쓴 머랭을 구워 냈습니다. 포인트는 부드럽게 녹아내리는 맛이지만 진짜 핵심은 두 장의 팬케이크 중앙에 들어간 팥앙금이죠. 한국에서 가장 일교차가 큰 지역의 것으로 당도와 풍미가 다른 재료의 두 배, 바바라 양은 단맛 스타일이라 더 맛있게 느낄 수 있는 겁니다."

"흰자만의 머랭?"

바바라가 접시를 바라본다.

"그것 말고도 더 있는 것 같은데?"

페드로가 입안의 여운을 짚어 본다. 한 번 쏠리면 포악할 정
도의 폭식도 마다하지 않지만 그도 미식가다. 그러니 숨은 포인
트를 제대로 찾아내고 있었다.

"맞습니다. 한 가지가 더 있죠."

"뭔데요?"

바바라가 고개를 빼 들었다.

"물기를 뺀 요거트죠. 계란 흰자만으로는 깊은 맛이 나지 않
으니 조력을 받은 거죠. 그럼으로 팥의 풍미까지 올라가거든요."

"복숭아꽃은요? 이거 생화가 아니었어요."

"껍질을 벗긴 아몬드를 슬라이스로 커팅해서 꽃 모양을 만들
고 딸기잼으로 꽃술을 그렸습니다."

"이 바삭한 과자는요?"

"한국의 누룽지라는 겁니다. 얇게 눌어붙으면 황금빛이 되는
데 그냥 먹어도 바삭, 식감이 좋죠. 한없이 부드러운 수플레에
청량한 메아리 같은 식감의 누룽지 튀김. 톡톡 튀는 바바라 양
에게 어울리는 구성 같아서 시도해 보았습니다."

"고마워요. 셰프님."

"회장님은 어떠셨습니까?"

윤기가 페드로의 의견을 물었다.

"나?"

"수플레 말입니다. 온전히 바바라 양의 식성에만 맞춰서 만족
도가 떨어질 수도 있었습니다. 하지만 느끼지 못했을 겁니다."

"맞아요. 그러고 보니⋯⋯."

"맛에 있어 취향이나 식성보다 강한 게 바로 분위기죠. 실은 어제 저녁부터 조금씩 그렇게 맞춰 드렸는데 회장님께서 바바라 양에 대해 더 잘 알고 싶어 하는 마음이 강해 보여서입니다. 상대가 즐기는 맛을 이해하는 것도 상대와 가까워지는 지름길의 하나니까요."

"셰프."

페드로의 눈이 지향을 잃었다. 윤기의 요리에 또 한 번 반해 버리는 순간이었다.

"내 미각을 멋대로 휘두르는 당신, 안드레아가 틀림없어요. 얼굴만 다를 뿐이지."

페드로가 혀를 내두른다. 윤기는 부정하지 않았다. 그저 잔잔하게 웃어 줄 뿐.

바바라는 수플레 3개를 해치웠다. 페드로도 똑같이 보조를 맞췄다.

"러브리 셰프님."

쪽.

마지막 식사를 마친 바바라, 윤기 이마에 기습 키스를 작렬시켰다.

"부럽군요. 나도 잘 못 받는 키스인데⋯⋯."

앞자리의 페드로가 볼멘소리를 냈다.

"아빠, 이리 컴온."

바바라가 손가락을 까닥이며 페드로를 부른다. 바바라의 손은 리모콘이다. 페드로는 그 조종에 충실하게 따랐다.

"기분이다."

쪽쪽.

바바라의 인심이 후해졌다. 페드로에게는 양 볼 키스를 난사해 주었다.

"허, 진짜 여기서 살아야겠는걸? 찬바람 몰아치던 우리 바바라가 이토록 사랑스럽게 변하다니?"

페드로가 환하게 웃었다.

"언제든 다시 오십시오. 새로운 메뉴로 기다리고 있겠습니다."

윤기의 마무리였다.

"바바라 네 생각은?"

페드로가 딸의 의견을 물었다.

"나는 언제나 땡큐. 다음에는 친구들을 몰고 올 테야. 애들이 사진은 믿는데 송 셰프님 요리의 맛은 안 믿는 거 있지?"

바바라는 속상하다. 요리 자랑이나 소개는 인증 샷이면 충분한데 맛은 추상적이다. 그러니 샘이 많은 친구들이 태클을 걸어 온 모양이었다.

"어제 한국 투자 건에 대해 두 개의 MOU를 체결했어요. 그게 아니더라도 셰프 요리가 생각나면 날아올 거라오."

페드로가 두툼한 손을 내밀었다. 악수가 뜨겁다. 다시 작별이었다.

"셰프님."

바바라가 거칠게 안겨 왔다. 그녀에게 선물을 주었다. 바삭하게 튀긴 나무칩 3종과 2종의 주먹밥, 그리고 윤기표 음료수였다. 자가용 비행기로 돌아가는 동안 좋은 간식이 되리라 믿었다.

체크아웃이 되자 설 대표가 직접 인사를 나왔다.

"모시게 되어 영광이었습니다."

설 대표조차 페드로에게 깍듯했다. 오랜만에 로열 스위트룸을 채워 준 VVIP였기 때문이었다. 단 이틀이었지만 그는 VVIP의 위엄을 제대로 보여 주었다.

시작은 라운지 칵테일바였다. 바텐더에게 내민 팁이 2,000불이었다. 바바라에게 헌신적으로 친절한 주희에게는 1만 불 상당의 명품 숄더백이 팁으로 주어졌다. 그에게 들어온 선물 하나를 쾌척한 것이다. 이리나의 눈이 뒤집힌 건 설명할 필요도 없었다.

하이라이트는 어젯밤이었다. 리폼 주방에 들러 팀원들을 격려하더니 그들에게도 각 1천 불씩의 팁을 주었다. 윤기에게는 1만 불이었다.

"바바라의 행복은 돈으로 살 수 없는 것들이었소. 그걸 준 당신에게 이만한 선물도 주지 못한다면 내가 돈을 벌 이유도 없습니다."

태도까지 정중했다. 권력과 금력을 가진 사람이 선심을 휘두르면 맞아 줘야 한다. 강하게 거절하면 그 기분을 망친다. 그 생리를 아는 윤기였기에 흔쾌하게 접수(?)해 주었다. 페드로의 입장에서는 억만금을 주어도 살 수 없는 시간이었기 때문이었다.

마무리는 윤기와의 뜨거운 포옹이었다.

"셰프님 요리가 금방 다시 먹고 싶어질 거예요."

바바라의 포옹에서 아쉬움이 묻어났다.

쪽.

다시 한번 이마에 찍히는 바바라의 키스.

찰칵.

윤기, 그리고 설 대표와 함께 찍은 페드로 부녀의 숙박 인증 샷. 그걸 끝으로 페드로 부녀가 떠나갔다.

윤기를 시작으로 모두가 나와 그에게 경의를 표했다. 시들어가던 그랑 서울. 요리로부터 피어나던 희망의 싹에 그가 물을 주었다. 호텔이 평가받으려면 거물들을 유치해야 한다. 그들이 뿌리는 돈은 일반 투숙객에 비할 수 없는 데다 상징성까지 있기 때문이었다.

설 대표가 다가와 윤기 어깨를 짚었다. 그 눈에서 불타오르는 무한 신뢰는 하나의 덤이었다.

제5장
—
리폼의 오너가 되어야겠어요

"엄마, 나오세요."

테이블 세팅을 끝낸 윤기가 안방에 대고 소리쳤다.

"송 셰프는 오늘 쉬는 날이잖아? …응?"

무심코 나오던 어머니, 후각이 먼저 반응을 했다. 푸근하고 담백한 음식 냄새 때문이었다.

"웬 두부들이야?"

"엄마 먹고 가라고."

윤기가 수저를 가지런히 놓아 주었다.

"이거 하느라고 일찍 일어난 거야?"

"보스키 도르 결선이 코앞이잖아? 연습도 해야 하고……."

"세상에, 이게 다 두부야?"

"엄마 저번에 드라마 보다가 두부 먹고 싶다고 했잖아? 그래서 만들어 봤어."

윤기가 접시를 밀어주었다. 두부는 모두 세 가지였다.

"다 조금씩 다르네?"

"일단 잡숴 봐."

"알았어……."

어머니가 시식을 시작한다. 두 가지 두부는 아직 뜨끈하고 한 가지는 차가웠다.

"이건 꼭 푸딩 느낌이네. 너무 고소하잖아?"

어머니의 몸서리가 이어진다.

"다음 건?"

"음… 이건 오이 냄새가 나? 수분도 많고 부드러워."

"마지막까지 달려 주세요."

"이건… 포근한 스펀지 느낌에 밍밍해서 편안한 맛?"

"가장 마음에 드는 건?"

"처음에 먹은 거?"

"그게 전두부야. 콩 껍질을 벗겨서 미세하게 갈아서 만든 것. 그래서 비지도 없고 푸딩 같은 식감이야."

"오이 냄새 나는 건?"

"그건 행주 두부. 묽은 죽처럼 만들어서 제조하는 게 포인트인데 두부조림하고 비슷하게 만들어. 엄마가 오이 좋아하니까 오이즙을 좀 넣어 봤어. 그리고 마지막은 언두부. 조금 푸석한 느낌이 나지만 다른 두부에 비해 단백질 함량이 엄청나니까 굉장한 장점이지."

"셰프 아들 둔 덕분에 엄마만 호강하네?"

"알면 많이 드시고 좀 포장해 뒀으니 회장님도 가져다 드려. 회장님도 이따금 두부 얘기 하신다며?"

"그래. 요즘 두부가 너무 싱겁다고……."

그때 전화가 들어왔다. 오늘 만나기로 한 백화요였다.

"11시요? 알겠습니다."

통화는 짧게 끝났다. 하지만 어머니의 관심은 거기서부터 시작되었다.

"여자?"

"응."

"여친 생겼어?"

"여자면 다 여친이야?"

"아니면 왜 아침부터?"

"엄마, 호텔 서빙 팀, 객실 팀 직원들, 거의 다 여자거든?"

"둘러대니까 더 수상하네?"

"하나도 안 수상하거든요. 그러니까 많이 드시고 얼른 출근하세요."

"너는 왜 안 먹는데?"

"나는 만들면서 꿀떡거리느라 배가 빵빵."

윤기가 배를 두드려 보였다. 그건 사실이었다. 따뜻한 김이 모락거리는 두부가 고소해 미칠 것만 같았다. 소금도 찍어 먹고 간장도 찍어 먹고, 들기름에도 노릇하게 구워 먹었다. 들기름에 구워 먹으면 환상이다. 그렇게 꿀꺽거리다 보니 허기를 면해 버렸다.

오전 10시 30분.

두부 연구를 마감하고 클래식 미니의 시동을 걸었다.

"셰프님."

궁전 같은 빌라 앞에 화요가 나와 있었다. 윤기 차가 다가서자 주차장 입구가 저절로 열린다. 그녀가 가리키니 그 안으로 진행했다.

"저희 아빠 집이에요."

단정한 잔디 정원에서 화요가 말했다. 투박한 돌을 차곡차곡 쌓은 담장이 정다워 보이는 집이었다.

"어서 와요."

화요의 부모님이 윤기를 맞이했다. 화요의 아버지 백승엽 회장은 유통 분야에서 유명한 사람이었다.

"우리 화요 구해 주셔서 고마워요."

어머니 권순길 여사도 인사부터 챙긴다.

정말 별것 아닌 일이었다. 윤기로서는 당연히 해야 할 일이기도 했다. 그럼에도 이렇게 환대해 주니 조금은 부담스러웠다.

"아직 식사 전이죠?"

권 여사가 물었다.

"예……."

"그럼 차 마시고 있으세요. 차린 건 없지만 같이 점심 먹어요."

시간이 점심 때인지라 그럴 수도 있겠다고 생각하던 차였으니 군말하지 않았다.

"나는 사실 호텔 요리에 별 관심이 없어서 잘 몰랐는데 대단하신 분이더군요."

백 회장이 덕담을 시작했다.

"이제 겨우 요리에 눈을 떴을 뿐입니다."

"그럴 리가요? 우리 화요가 검색한 걸 보여 주는데 굉장하더군요. 이지용 회장님 스테이크부터 말이에요."

"아, 그거요……."

"나아가 물도 잘 못 먹는 사람에게 흡입 스테이크, 세계 최고의 요리 대회 특별 추천에 신마호텔과의 이벤트 대결에서 압승… 상식적으로 그랑 서울은 신마와 체급이 맞지 않으니 반전의 쾌거 아니었나요?"

"아빠."

화요가 그만하라는 견제구를 던진다.

"그랑 서울을 비하하자는 게 아니라 그래서 더 대단하다는 거야."

"저희는 정도를 지키고 상황에 걸맞은 길을 간 것뿐입니다."

"그게 어려운 거거든요. 넘치면 넘치는 대로 모자라면 모자란 대로, 사람들은 긴장의 끈을 놓게 마련이죠."

"좋은 말씀입니다."

"그런 프로 정신 덕분에 우리 화요가 봉변을 면한 거겠죠. 그놈에게 나온 다른 희생자들 동영상 얘기를 들으니 가슴이 철렁 내려앉더군요. 다시 한번 고맙습니다."

"그 일은 따님의 기지도 있었으니 제 덕분만은 아닙니다."

"아무튼 부모 된 도리로 그냥 넘어갈 수 없어 작은 선물을 하나 마련했어요."

백 회장이 기다란 상자를 꺼내 놓았다.

"선물은 사양하겠습니다. 그러면 제가 부담이 되니까요."

"그러실 것 같아서 고민을 했는데 독일서 사업하는 제 동생이 맞춤한 걸 가지고 있지 뭡니까? 이 친구가 도검류 수집이 취미라 주방도도 가지고 있어요. 셰프들에게 인기가 있는 거라기에 형의 압력으로 징발해 왔습니다. 그러니 받아 주시면 고맙겠습니다."

주방도.

받지 않을 생각이었지만 사각 물결의 로고가 눈길을 뺏어 갔다.

[컷고]

나름 잘나가는 브랜드였다.

"말로는 이게 딱 100개만 만든 한정판이라고 해요. 그러니……."

백 회장이 한 번 더 윤기 쪽으로 밀었다. 컷고는 미국제다. 하얀 손잡이가 매력적이다. 젊은 셰프들이 선호하는 제품이라 눈길이 갔다.

"셰프님……."

화요까지 거드니 받아 들었다. 예의상 한 번 만져본다. 칼날과 그립감이 굉장히 좋았다.

"식사하세요."

권 여사가 돌아와 윤기를 잡아끌었다. 가정부가 있음에도 몸소 권하니 주저할 수도 없었다.

"사실 굉장한 셰프님이라니 뭘 하나 고민하다가 산나물로 차렸어요. 제가 잘하는 게 이것밖에 없거든요."

권 여사가 식탁을 가리켰다.

거기 산나물의 천국이 펼쳐지고 있었다. 그냥 봐도 10가지가 넘는 나물 종류들. 샐러드부터 무침까지 종류별로 만들었으니 보기에도 조화로웠다.

"산나물도 잘 아시죠?"

권 여사가 쑥국을 퍼주며 물었다. 수증기를 따라 아롱지는 쑥향이 쌉쌀하게 구미를 당겼다.

"예, 조금……."

역아는 옛날하고도 까마득한 옛날 사람이었다. 황제의 식탁을 책임졌지만 산채가 빠질 리 없었다. 그렇기에 흔한 돌나물부터 곰취, 참나물에, 다래순과 잔대순까지 알 수 있었다.

"취향을 몰라서 여러 가지로 준비해 봤어요. 비빔밥으로 드셔도 되고 그냥 먹어도 돼요."

권 여사가 나물 접시를 윤기 쪽으로 밀었다.

취나물.
곰취.
참나물.
다래순.
오이순.

눈에 띄는 대로 집어 먹었다. 가장 마음에 드는 건 다래순과 오이순이었다. 향이 은은하고 아련해 몸이 정화되는 느낌이었다.

"마음에 안 드셔도 이해해 주세요. 우리가 먹고 사는 수준이 이렇습니다."

백 회장의 지원사격이 겸손했다.

"아니, 굉장히 맛있습니다. 산뜻하고 청아한 향이 참기름, 들기름과 어우러지니 일품이네요. 제 요리보다 백배는 나은 거 같네요."

"그런데 듣자니 그랑 서울이 매물로 나왔다는 말이 있던데?"

참나물 쌈을 싸던 백 회장이 흘린 여운이 윤기의 동작을 정지시켜 놓았다.

매물?

분명 그렇게 들렸다.

"매물이라고요?"

차분하게 반응했다.

"모르시는군요?"

"그건 아니고… 예전에도 매물로 내놓았다는 말이 있었거든요."

윤기가 말했다. 입사 초기, 조리부장과 진규태의 대화에서 들은 이야기였다. 그러나 몇 해 전의 이야기였으니 설 대표가 취임한 후로는 다시 거론되지 않았다.

"맞습니다. 그랑 서울의 매물 이야기는 잊을 만하면 나오던 일입니다. 그런데 코로나 이후로 기업들 M&A가 더 활발해지지 않았습니까? 격동하는 환경을 따라가려면 시장 선점이 필요하거든요. 그러다 보니 최근에 매물 이야기가 다시 부상한 모양입니다."

"다시 말씀입니까?"

"그랑 호텔이 세계적인 체인점 아닙니까? 프랑스 본사는 그랑 여수에만 올인하고 싶은 눈치더군요. 그러자면 그랑 서울은 매각이 답이겠지요. 임자만 나오면 매각할 것 같습니다."

"매각……."

"뭐 그렇다고 당장 매각이 된다는 건 아닙니다. M&A라는 게 서로의 니즈에 맞아야 성사가 되는 거니까요."

"그 말씀, 확실한 겁니까?"

"이거 제가 괜한 얘기를 했나 보군요."

"아닙니다. 어차피 저희도 알게 될 일 아니겠습니까?"

"뭐, 그렇기는 하지요."

"회장님께서 관심을 가진 걸 보니 매각 조건도 아시겠군요?"

"사업다각화를 추진하는 중이라 우리도 검토해 보기는 했지요. 서울에서는 경쟁력이 떨어지는 호텔이다 보니 대략 700–800억 원 정도에 형성되어 있더군요. 하지만 최근 3년간의 영업 실적과 호텔업계의 추이로 보아 그 가격대로 평가되기는 어려울 겁니다."

"매각 성사 견해는 어떠신가요?"

"신마호텔이 매입해 부대 시설이나 연관 시설로 쓰면 알맞을 것 같은데 컨셉이 다른 건물이라 흥미가 없는 모양이고, 다른 회사들은 신마와 경쟁하기가 껄끄럽고……."

"부정적이시군요?"

"그렇다고 해도 알 수는 없지요. 사업가들 생각이라는 게 다 같은 게 아니니 조건을 낮춰 주면 성사가 될 수도 있을 겁니다.

실제로도 인수 협상 중인 곳이 있다는 말이 나돌고 있고요."

"회장님도 검토를 해 보셨다고요?"

"그랬습니다. 코로나로 관광 산업이 풍비박산되면서 매력적인 매물들이 많이 나왔어요. 평상시에는 쳐다도 못 볼 조건이다 보니 진출 검토를 하게 되었죠."

"죄송하지만 왜 포기하셨습니까?"

윤기는 진지했다. 윤기가 속한 곳이라서가 아니었다. 역아의 경륜이 발동했다. 해법이 있다면 알고 싶었다. 그랑 서울이 더 강력해지는 해법.

"확실한 한 방이 없었어요. 입지도 어중간, 숙박 가격대도 어중간, 힐링을 하기엔 부대 시설도 어중간……."

"장점으로 꼽을 게 전혀 없었나요?"

"제대로 앤틱한 실내 장식만은 좋은 점수를 받았죠. 하지만 요즘 비즈니스맨들은 최신 시설을 더 선호하더군요. 인수를 한다고 해도 비전이 보이지 않았습니다."

"전혀 말이죠?"

"최근 기사를 보니 송 셰프님이 요리를 책임진 이후로 요리 쪽이 부각되더군요. 그 중심으로 간다면 어떨지… 하긴 어쩌면 그래서 다시 매물 부각이 된지도 모르겠습니다."

"무슨 뜻이죠?"

"셰프님 요리 말입니다. 그걸 내세우면 전보다는 협상에 유리해지겠죠. 더구나 신마호텔과의 이벤트에서도 판정승을 거두었다죠. 그러니까 송 셰프님 전속계약까지 옵션에 넣는다면… 호텔 사업에 진출하고 싶은 기업가라면 매물을 물지도 모르겠네요."

"……."

"다 제 사견입니다. M&A는 생물이라 오늘 다르고 내일이 달라요. 그러니 참고만 하세요."

"알겠습니다."

윤기의 입으로 참나물 쌈이 들어갔다. 심심한 된장 소스를 넣었더니 맛이 기가 막혔다.

"잘 먹었습니다. 말씀도 유익했고요."

백 회장 부부에게 인사를 전했다.

"다음에 또 오세요. 제가 며칠 후에 사찰에 가는데 사찰요리의 대가이신 스님이 계세요. 그분에게 제대로 배워 와서 다시 차려 드릴게요."

권 여사는 아쉬운 표정이었다.

"알겠습니다."

마무리를 하고 차를 향해 걸었다.

"셰프님, 우리 엄마 농담 아니거든요. 진짜로 연락하실 텐데 괜찮으시겠어요?"

"화요 씨는요?"

"저야 대환영이죠. 언제든지."

"그럼 연락 주세요. 매주 오늘에 쉽니다. 2주 후에 방콕에 가는데 가급적이면 그다음이 좋겠네요."

"축하 파티로 준비해야겠는데요?"

"제대로 되면 제가 쏴야죠."

인사를 남기고 도로로 나왔다.

신호를 받고 달리다 양재천이 가까운 곳에서 멈췄다. 물이 한

가롭게 흘러간다.

'그랬군.'

이제야 설 대표에게 걸린 의문 하나가 풀려 간다. 뭔가 다른 생각을 하는 듯하던 그 표정… 윤기를 내세워 호텔의 가치를 높이고 뒤로는 매각을 추진한 것이다.

'본사도 그래서 적극 지원을 해 줬고.'

퍼즐들이 맞아가는 소리가 들린다. 돌아보면 리폼에 해준 지원은 그랑 서울답지 않은 결정. 그 이면에 이런 계산법이 자리잡고 있었다.

―왜 포기하셨습니까?

―확실한 한 방이 없었어요. 비즈니스도, 힐링 호캉스도 어중간…….

―장점으로 꼽을 게 전혀 없었나요?

―제대로 액팅한 실내장식만은 좋은 점수를 받았죠.

―송 셰프님이 요리를 책임진 이후로 요리 쪽이 부각되더군요.

물살을 따라 백 회장의 의견이 흘러간다.

설 대표의 판단은 옳았다. 그랑 서울의 매각이 확정적이라면, 인수하려는 자를 유혹할 수 있는 방법은 이 길밖에 없었다. 그리고 성공했다. 윤기는 그들의 바람대로 분위기를 띄워주었다.

윤기 입가에 미소가 스쳐 간다. 이건 역아로부터 비롯된 미소였다. 설 대표는 한 가지를 간과했다. 그 또한 윤기였다. 미안하지만 어떤 옵션에도 부록으로 붙을 생각은 없었다. 연봉을 조금 높여 준다고 해도 마찬가지였다.

어쨌든 매각의 핵은 윤기가 되었다. 윤기가 빠지면 리폼은 무너진다. 인수자가 모를 리 없다. 그렇다면 이 매각의 키는 윤기가 쥐는 셈이었다.

역아라면 이 기회를 자신의 것으로 틀어쥔다. 천한 요리사 출신으로 황제의 자리까지 노린 그였다. 최상의 해결책은 가까이 있었다. 그건 윤기가 그냥 서울을 인수해 버리는 것.

놀랄 것 없다.

그보다 더 좋은 해결책은 없었다.

백 회장은 답을 찾지 못했지만 윤기는 그의 진단 속에서 답을 찾았다. 힐링과 앤틱의 연결이었다. 윤기가 리폼을 맡기 전이라면 그의 진단이 맞았다. 하지만 SS급 요리가 연결되면 얘기가 달라진다. 힐링이 가능해진다면 앤틱한 분위기는 최상의 플러스알파가 될 수 있었다.

미식 호텔.

맛집 호캉스 힐링.

최근의 트렌드와 딱 들어맞는다.

호텔에 맞추는 요리가 아니라 요리에 맞추는 호텔이 된다면 명물로 거듭날 수 있었다.

문제는 거액의 자금.

그런데 윤기가 빠지는 조건이라면 현재의 평가액조차도 다운될 수 있었다.

사실.

예상한 일은 아니었다. 하지만 윤기에게 발현된 두 전생의 능력도 예정된 것은 아니었다. 다행히 전주(錢主)나 투자자에 대한 분위기는 어느 정도 조성이 되었다.

때가 되면 이 회장에게 투자를 요청하려던 윤기. 그 선택권도 이제는 하나가 더 늘었다.

[페드로 회장]

쉽지는 않다. 그러나 가능성만은 분명했다.

'이 호텔, 내가 접수한다.'

결단을 내린 윤기가 가속 페달을 밟았다. 목적지는 집이 아니라 그냥 서울이었다.

*　　　*　　　*

"……?"

바로크 장식의 로비와 주방 복도를 지나던 윤기가 걸음을 멈췄다. 조리 1팀 주방에서 맹연습 중인 사람은 다름 아닌 진규태였다. 지난번에는 소고기 요리를 탐독하더니 오늘은 오리고기였다. 몇 가지는 이미 연습을 마친 상태. 냄새로 보아 제대로 성공이었다.

좋다.

진규태는 은서 덕분에 제대로 변했다. 그 요리의 수준도 그

216 요리의 악마

랬다.

걸음은 엘리베이터 앞에 멈췄다.

땡.

소리와 함께 엘리베이터가 열렸다.

"어머?"

안에서 반응한 건 마케팅 팀장 장세희였다.

"오늘 쉬는 날 아닌가요?"

"맞아요."

"그런데……?"

"호텔이 그리워서요. 대표님 나오셨죠?"

"네."

"지금 자리에 계신가요?"

"이사님이랑 미팅 중이실 텐데… 말씀드릴까요?"

"그냥 두세요. 앞에서 좀 기다리죠, 뭐."

"그러세요. 저는 예약 관리 때문에 좀 바빠서요."

"요즘 예약은 어때요?"

"리폼만 선방이에요. 객실은 여전히……."

"수영장 개방하면 좀 낫지 않을까요?"

윤기가 물었다. 별 넷으로 강등된 후로 수영장이 폐쇄되었다. 운영비가 많이 든다는 게 이유였다.

"객실 회전이 늘면 가능할 것 같은데 아직은 예정에 없다고 들었어요."

"그럼 수고하세요."

2층에서 내리는 장세희에게 손을 흔들어 주었다.

땡.

엘리베이터가 다시 멈췄다.

설 대표의 집무실로 이어지는 객실은 고요했다. 백 회장의
진단은 칼이었다. 그랑 서울에서 붐비는 곳은 리폼 홀뿐이었
다. 객실은 절반 이상 차는 날이 드물었다. 외국인 단체 손님
도 마찬가지. 외국인 단체는 대개 그랑 여수를 이용하고 있었
다.

얼마나 기다렸을까? 웃음소리가 나더니 대표실 문이 열렸다.

"송 셰프 걱정은 마십시오. 인수자가 결정만 내리면 어떻게든
구워삶아서 장기 계약서를 받아 첨부해 드릴 테니까요."

큰 소리로 말하면서 나오는 건 유 이사였다. 그 눈이 윤기와
닿았다.

"……?"

바로 사색으로 변하는 유 이사. 그러나 노련했으니 바로 수습
에 들어갔다.

"송 셰프? 쉬는 날 웬 일이야?"

찔리는 곳이 있다 보니 말소리가 커진다.

"지나가다가 잠깐 대표님과 차나 한잔할까 해서요."

윤기는 모른 척 둘러댔다.

"사람, 우리 그랑을 짊어졌으니 쉴 때 확실하게 쉬어야지."

윤기를 챙긴 유 이사, 설 대표에게 눈짓을 보내고는 대표실에
서 멀어졌다.

"또 새로운 식재료 탐색하고 오는 길인가?"

차를 권하며 설 대표가 물었다.

"예."

"유 이사 말도 맞아. 아직 젊지만 쉴 때는 쉬는 게 좋아. 게다가 보스키 도르 결선도 얼마 남지 않았고."

"그렇기는 한데 빅뉴스가 있어서요."

"빅뉴스?"

"대표님."

윤기 목소리에 힘이 들어갔다.

"뭔가?"

"빅뉴스 말입니다. 모르십니까?"

"무슨 뉴스인지 알아야 말이지?"

"그랑 서울의 빅뉴스라면 하나밖에 없지 않겠습니까?"

"그거라면 자네 아닌가? 요즘 우리 호텔에서 가장 핫한 뉴스 제조기이니."

"저 말고 호텔 말입니다."

"……?"

"우리 호텔, 매물로 나왔더군요."

윤기가 정곡을 찔렀다. 때로는 황제도 위압하던 그 눈빛이었다.

"송 셰프."

설 대표 눈빛이 출렁거린다.

"설 대표님도 그런 사람이었군요? 나를 돕는 게 아니라 끼워 팔기 위한 수단으로 쓴."

"……."

"두 번 묻지는 않습니다. 그렇습니까, 아닙니까?"

"……."

"모디."

빌어먹을, 불어로 욕설을 남긴 윤기가 묵직하게 돌아섰다. 문
을 나서 엘리베이터에 올랐다. 그러자 설 대표가 뒤따라 탑승을
했다.

"집무실은 좀 답답해서 말이야. 옥상으로 가지 않겠나?"

설 대표의 손이 라운지 층의 버튼을 눌렀다.

"어디서 들었나?"

옥상 난간 앞에서 설 대표가 말문을 열었다.

"중요하지 않습니다."

"하긴… 언젠가는 밝혀질 일이었지."

"……."

"언젠가는 말하려 했던 일이기도 하고."

"말하려는 게 아니라 하지 않을 수 없었던 거겠죠?"

"단순히 매각설만 들은 게 아니로군?"

"돌아가지 마십시오. 제 인내심은 요리할 때만 무한합니다."

"송 셰프."

설 대표가 윤기를 향해 돌아섰다.

"호텔이 매각 협상 중인 것은 맞네."

"……!"

"하지만 자네에게는 불리할 건 없어. 오히려 자네에게 유리하
게 될 테니 걱정하지 마시게."

"뭐가 유리하고 불리하단 말입니까?"

"매각이 되어도 자네 위상은 문제가 없을 거야. 아니, 오히려 입지가 더 강화될 거네. 그건 내가 보장하네."

"지금 뭔가 단단히 착각하고 계시는군요?"

"착각?"

"호텔 매각 협상에 저를 끼워 넣는 거 말입니다. 그걸 왜 대표님이 결정하는 겁니까?"

윤기가 정곡을 찔렀다.

"송 셰프?"

"제가 매물의 일부입니까?"

"……?"

"다시 말하지만 저는 매물이 아닙니다. 아시겠어요?"

"송 셰프, 누군가 곡해를 한 모양인데 부정적으로 받아들일 것 없네. 그랑 그룹보다 더 많은 투자를 할 수 있는 인수자가 나온다면 자네 요리는 더 부각될 거야."

"이해를 못 하시는군요. 제 말은 사람을 물건 취급하지 말라는 겁니다. 당신들이 뭔데 나를 옵션에 올려놓고 협상합니까? 내 운명을 관장하는 절대 신이라도 됩니까?"

"송 셰프?"

"아니, 신이라고 해도 용납 못 합니다. 송윤기의 운명은 송윤기가 결정하니까요."

윤기의 사자후가 터졌다. 그것은 요리의 마력보다도 한층 더 강력했으니 설 대표의 안면이 꿈틀 경련할 정도였다.

"한 가지만 묻겠습니다."

"자네 대우 말인가? 그건 최대한으로……."

"얼마입니까?"

"지금 받는 연봉의 두 배 정도로 협상 중이네."

"그거 말고 매각 협상가 말입니다."

"송 셰프?"

"말해 보세요. 얼마에 매물로 나왔는지."

"1차 협상가는 740억이네."

"마지노선은요?"

"……."

"대표님."

"705억."

"인수 가능성을 말해 주십시오."

"적임자를 찾았네. 몇 가지 이견이 있는데 조절이 가능해. 기왕 이렇게 된 것이니 까놓고 말하는데 방콕 대회에서 황금 보스키상을 먹으시게. 그럼 자네 연봉도 두 배로 보장받게 될 걸세."

"방콕대회 직후에 계약을 하겠다는 뜻이군요?"

"다 빈치 이벤트와 페드로 회장의 숙박으로 분위기가 좀 떴네. 자네가 방콕 대회까지 손에 넣으면 우리 조건들이 대부분 관철될 상황이야."

"대표님 속셈이 이거였군요?"

"속셈?"

"리폼 지원과 저에 대한 지지 말입니다. 순수한 마음이 아니라 매각에 유리한 길을 모색하기 위해서."

"기분이 나쁘다면 사과하겠네. 하지만 그랑 서울은 내게도 애정이 깃든 곳이네. 그대로 두어 고사되는 것보다는 어떤 식이든 회생하는 방법을 찾아야 했네."

"결국 대표님의 스펙을 위해 저를 장식으로 내세운 것 아닙니까?"

"세상은 그런 곳이네. 좋게 보면 자네에게도 기회를 준 거야."

"뼈를 치는 배려로군요."

"불쾌하겠지만 우리는 한배에 타 버렸네. 어차피 요리도 호텔 경영의 일부야. 상황을 냉정하게 바라봐 주게."

"제게 며칠 말미를 주십시오."

"말미?"

"2주일 정도면 됩니다. 제 말은 그 안에 전격 계약 같은 것을 하지 말라는 말입니다. 만약 그렇게 하시면 저는 바로 호텔을 떠날 겁니다."

"어쩌자는 건가?"

"제게 가장 유리한 조건을 알아보겠습니다. 솔직히 이 계약의 핵심은 저 아닙니까?"

"……"

"그렇게 믿고 있겠습니다."

윤기가 돌아섰다. 한낮 요리사의 헛된 만용이 아니었다. 호텔 매각에 주요한 변수가 되어 버린 윤기. 2주 정도라면 설 대표가 커버해 줄 수 있을 것으로 믿었다.

[셰프님, 멕시코 집으로 돌아왔어요. 친구들이 난리도 아니에요.]

[벌써부터 세프님 요리가 그리워요.]

집으로 돌아와 바바라의 문자를 확인했다. 거의 폭탄급 문자였다.

이지용과 페드로.

테이블에 두 사람 사진을 놓고 장고에 들어갔다.

투자.

요리를 먹고 기분으로 뿌리는 팁과는 달랐다. 게다가 700억은 천문학적인 돈이었다.

그들이 과연 투자를 해 줄까?

윤기의 접근은 그쪽이 아니었다.

어떤 방법으로 투자를 이끌어 낼까?

이게 윤기의 전략이었다.

투자에는 담보가 필요했다. 그것만 있다면 이지용이나 페드로가 아니더라도 자금을 조달할 수 있었다. 윤기의 담보는 오직 하나.

[요리]

요리는 이제 엄청난 부가 가치를 지닌 아이템이 되었다. 미국의 레이철 레이는 요리 방송만으로 한 해 220여억 원을 벌어들인다. 윤기의 요리는 그 이상의 가치가 있었다.

역아와 안드레아의 매칭으로 인해 시대를 아우르는 요리가 가능하기 때문이었다. 그 정점은 역사 요리나 유명 인사들이 즐기던 요리의 재현이었다. 희소가치에 판타지까지 입힐 수 있는 것이다.

가능성은 리폼홀 이벤트에 더불어 여러 각도로 확인했다. 문제는 인지도였는데 그것도 어느 정도 갈증을 해소했다.

싱가포르 대첩 이후, 프랑스와 미국 미식가들 예약도 이어지고 있었다. 부호는 많고 비행기도 널렸다. 니즈를 충족시키는 요리가 있다면 돈을 질러 줄 사람은 얼마든지 있었다.

[요리로 힐링하는 미식호텔]

윤기의 구상이었다. 많은 미식가들이 비행기를 타고 미슐랭 맛집을 찾아간다. 이제는 일반인들도 미식 관광을 마다 않는다. 여행 업계도 그쪽으로 재편이 되고 있다. 요리 차별화가 가능하다면 백 회장의 평가는 희망적이었다.

[제대로 엔틱한 실내장식]

앤틱은 시간이 지날수록 빛이 난다. 인간에게 안락을 주는 것이다. 거기에 역사적인 요리들, 즉 황제와 황녀들, 유명인사들의 요리를 즐길 수 있다면? 하루든 이틀이든 황족 체험의 대리만족을 만끽할 수 있게 된다. 최고의 플렉스다.

직원들의 유니폼도 분위기를 따라간다. 중세 하녀풍으로 입고

집사풍으로 입는다. 양식의 시그니처룸과 한식의 스페셜 다이닝룸, 혹은 분자요리 체제로 간다. 숙박하는 동안 황제와 황녀의 시간을 누리는 것이다.

로얄 고객은 따로 모신다. 길 건너 파란 기와의 저택. 바로 이지용의 부친이 살던 사택이다. 하루에 몇 팀 정도, 그들은 골동품급 리무진 픽업으로 공략한다.

플랜은 나쁘지 않았다.

문제는 접근법.

두 거물의 구미를 당기는 방법이 필요했다. 그것도 투자 마인드를 자극하는 쪽으로.

다 빈치 이벤트의 성공 사례?

약했다.

심지어 국내 한정, 게다가 지나간 일이었다.

투자자들은 실체에 더불어 반복적인 소비 창조를 좋아한다. 그래야 확장성이 보장되기 때문이었다.

'가스파르 웨고…….'

윤기 뇌리에 적임자가 떠올랐다. 정킷 비즈니스의 대가. 동시에 윤기의 실력을 인정하고 있는 그 사람. 그가 판을 깔아 준다면 이지용이나 페드로에게도 당당하게 투자 요청을 할 수 있었다.

당장 전화를 걸었다.

"……?"

전화를 받지 않는다. 한 번 더 걸었지만 신호만 갈 뿐이었다.

'뭐야?'

생각이 많아졌다. 그날 한 말들은 입에 발린 말들이었을까? 아니, 그렇지는 않았다. 표정을 보면 알 수 있다. 아부하는 얼굴과 진심의 얼굴은 눈빛부터 다르게 마련이었다.

시차 때문에 잠자는 시간의 나라에 있는 걸까? 핸드폰을 접을 때 전화가 들어왔다.

―송 셰프님.

"가스파르 님."

―미안해요. 내가 중요한 일이 좀 있어서.

중요한 일?

사실관계는 모르지만 안도가 되었다.

"아닙니다. 잘 계시죠?"

―덕분에요. 조금 전에도 라스베이거스 쪽 호텔에 한 건 제대로 올렸습니다.

"제가 도움이 된 건가요?"

―페드로 회장 말입니다. 당신 요리를 먹기 위해 코리아까지 원정을 갔었다고요? 여기저기 제 평가를 후하게 해 주는 바람에 비즈니스에도 도움이 되고 있습니다.

"실은 그 때문에 전화를 드렸습니다."

―요리 고객 말인가요?

가스파르가 선제 질문을 해 왔다. 그는 눈치가 빠른 사람이었다.

"눈치채셨군요?"

―통한 거지요. 실은 제가 특별한 고객이 있어서 의향을 물어보려던 참이었습니다.

"가스파르님 추천이라면 언제든 환영입니다."

―며칠 후에 중국 사업가 세 분이 서울의 카지노에 가게 될 겁니다. 그중의 리더가 굉장히 특이한 분이라 요리에서 매번 불만족이십니다. 지난번 도쿄에서도 그랬고 브라질과 로마에서도 그랬죠. 그 나라의 정상급 셰프를 교섭했는데도 말입니다.

"식성이 특이하다는 건가요?"

―그 셰프들에게 체크를 해 봤더니 아무래도 이상 미각인 것 같다고 해요. 처음에는 셰프의 실수로 생각했는데 다들 그렇게 말하니…….

"이상 미각이라면?"

―모든 음식을 다 쓰다고 한답니다. 지난번 도쿄의 셰프에게 그 정보를 주어 단맛을 강화시켰음에도 더 심한 평가가 나왔습니다.

"……."

―어떻습니까? 자신이 있으시면 의사 타진을 해 볼 수 있습니다만 이분이 나이 어린 셰프를 무시하는 경향까지 있어 저도 큰손 고객을 잃을 우려가 있습니다.

"가스파르님."

―말씀하세요.

"그런 고객을 모신 적이 있습니다. 실추된 체면은 제가 세워 드리죠. 대신 제가 성공하면 앞으로 지속적으로 고객을 밀어 주시면 고맙겠습니다."

―반가운 소식이군요. 성공만 한다면 일이 수월해질 겁니다.

큰 손들 세계에 소문이 날 테니까요. 그분이 그 정도 입지는 되 거든요.

"그럼 진행시켜 주세요."

─좋습니다. 종신 심사 위원 추천셰프전의 쾌거를 한 번 더 기대하며 추진해 보죠.

가스파르의 확답이 나왔다.

제6장

—

투자하시겠습니까?

미각.

식욕의 뿌리다.

식욕은 성욕, 수면욕과 더불어 인간의 기본적인 욕구다. 멈출 수도 없고 멈춰서도 안 된다. 먹는 즐거움이 없는 인생은 과거에도 미래에도 상상할 수 없는 일이다.

미각 상실은 현대에도 쉽게 고쳐지지 않는다. 이 불행은 역아의 시대에도 있었다. 말을 타고 가던 황녀가 낙마를 했다. 목이 돌아갔다가 제자리로 컴백했다. 요즘으로 치면 신경계를 다친 것이다. 의원들이 달려들어 고쳐 냈지만 딱 한 가지가 돌아오지 않았다. 미각이었다.

"음식이 소태야."

황녀는 매번 수저를 던져 버렸다. 소태는 쓴맛이다. 천하 일미를 주어도 쓴맛이니 사는 맛이 날 리 없었다.

황녀의 요리사는 두 명이나 목이 달아났다. 그때는 그랬다. 역아를 제외한 다른 요리사들. 천민보다도 비천한 대우를 받는 게 현실이었다.

"네가 가 보아야겠다."

황명이 떨어졌다.

역아는 황제가 믿는 요리사였다. 게다가 이미 전공(?)도 있었다. 촌수를 따지기도 힘든 황제 친척 아이의 미각을 살려 놓았던 것이다.

그 아이는 젖배를 곯으며 자랐다. 어린 시절 모친의 병환 때문이었다. 아기가 배를 곯게 되니 고기와 육수가 동원되었다. 그게 지나쳤다.

[天下期於易牙─천하가 모두 역아의 맛을 따른다.]

역아의 요리에 대한 맹자의 평가였다. 공자와 맹자라면 맹신에 가깝게 추종하는 사람들. 그러다 보니 그 모친이 아이를 안아 들고 황궁으로 찾아왔다.

"역아로 하여금 음식의 맛을 느끼도록 황명을 베풀어 주소서."

모친이 사흘 밤낮으로 노래하니 황제가 그 소원을 들어주었다. 황궁의 작은 거처를 내주고 역아에게 지시를 내린 것이다.

역아는 슬기롭게 임했다. 아이의 체취에서 답을 찾아냈다. 아이의 체취는 고기 냄새로 가득했다. 사람은 동물과 달라 한 가지만 먹으면 병을 얻게 되어 있었다.

역아는 아이의 체취와 반대로 갔다. 과일과 채소만을 골라 죽을 쑤고, 맷돌에 갈아 생즙으로 먹였다. 아이는 보름 만에 입맛을 찾았다. 요즘으로 치면 비타민 결핍이었으니 그걸 보충함으로써 미각을 되돌린 역아였다.

그 경험으로 황녀의 요리를 담당했다. 기전은 달랐다. 황녀는 사고 이후에 미각을 잃은 사람이었다. 역아는 경험적으로 접근했다. 몸이 좋지 않으면 입맛이 변한다. 그 당시에도 크게 다르지 않았다. 주로 쓴맛이 문제였다.

황녀의 쓴맛은 두 단계로 해결했다. 식사를 하기 전에 입안을 헹구도록 했다. 이때는 참기름을 썼다. 헹굼이 끝난 참기름은 크림처럼 희게 변했다. 그런 다음에 맑은 약수로 입을 헹구어 미각의 잡티와 잡내를 씻어 냈다.

그게 통했다. 나흘째 되는 날, 단맛부터 감지하기 시작했다. 그다음 날에는 신맛과 짠맛을 느꼈다. 닷새째 되는 날 황녀는 포식을 했다. 쓴맛이 사라진 것. 아끼던 선물을 역아에게 하사했음은 물론이었다.

안드레아 역시 미각 이상자들을 만났다. 미식가 올리는 셰프로 소문나다 보니 맛을 잘 모르는 상류층들도 찾아왔다. 역아의 경험에 현대 의학까지 접목해 맛의 진수를 깨우쳐 주었다.

그렇다고 그 일이 쉬운 건 결코 아니었다. 미각 이상에도 여러 가지 기전이 있었다. 미각 소실을 시작으로 미각 감퇴, 이상 미각, 그리고 미각 과민…….

차근차근 복기할 때 연락이 왔다.

―셰프님.

"아, 예. 알아보셨습니까?"

―그렇기는 한데… 처음에는 거절을 하더군요. 송 셰프 나이를 듣는 즉시 말입니다.

"……"

―그래서 부연 설명을 했죠. 이번 셰프추천전에서 중국의 단문창 셰프를 꺾고 본선 직행을 하신 실력이라고… 그랬더니 잠깐 시간을 달라고 해요.

"……"

―방금 연락이 왔는데 그렇게 하겠다는군요. 그 리더가 단문창 셰프와 아는 사이라 직접 확인을 해 봤다고 합니다.

"그래요?"

―단문창 셰프께서 기꺼이 추천했다고 합니다.

"……"

―아무래도 셰프와 제가 보통 인연이 아닌 것 같습니다. 방콕 결선 준비에 바쁘시겠지만 모쪼록 이번 일부터 잘 부탁드립니다.

"기회를 주셔서 감사합니다."

사례를 표하고 통화를 끝냈다.

바로 단문창 셰프에게 전화를 걸었다. 그가 아니면 성사될 수 없는 일이었다.

―송 셰프님.

그는 여전히 정중했다.

"제가 중국 손님들 일로 신세를 진 것 같습니다."

─쉐귀민 총경리님 말씀이군요?

"쉐귀민?"

─송 셰프에게 갈 손님의 한 분입니다. 부친이 제 오랜 단골이었죠. 쉐귀민 총경리님도 미각에 이상이 생기기 전에는 몇 번 모셨고.

"예……."

─그분은 아직도 미각 이상을 고치지 못한 것으로 알고 있습니다.

"맞습니다. 그래서 가스파르 님께서 제 의향을 물어 왔습니다."

─저도 송 셰프라면 뭔가 방법을 찾을 수 있지 않을까 싶어서 추천을 했습니다만.

"이제 보니 가스파르 님뿐만 아니라 단 셰프님의 신뢰까지 짊어지게 되었군요."

─그만한 능력자시지 않습니까?

"최선을 다해 보겠습니다."

─만약 성공하시면 굉장한 고객을 확보하게 될 겁니다. 쉐귀민 총경리 부친은 우리 중국 내에서 인맥도 좋고 알아주는 미식가거든요.

"의욕을 불러일으키는 정보로군요."

─그럼 저는 손님이 있어서 이만…….

"그러세요. 다시 한번 고맙습니다."

빙고.

통화를 끝내고 쾌재를 불렀다. 난제를 맡았지만 가스파르와의 연결 라인을 제대로 열었다. 성공만 하면 큰손 고객 유치가 지속적으로 가능해진다. 분명, 그랑 서울 인수에 기폭제가 될 일이었다.

[쓴맛 제거법]

당장 준비에 들어갔다.

오미는 서로에게 견제와 조화의 작용을 한다. 쓴맛을 줄이려면 짠맛을 더하면 된다. 짠맛 성분이 쓴맛 센서를 무디게 만들어 준다.

요리 전체의 풍미를 높이는 것도 이상 미각에의 대처법이었다. 향신료를 전체적으로 강하게 쓰면 된다. 마지막 강조는 오미자가 맡는다. 그건 넘치도록 준비가 되었으니 걱정할 것도 없었다.

몇 가지 배합 비율을 완성하고 제안서 작성에 들어갔다. 인터넷에서 내려받은 샘플을 참고로 윤기의 구상을 접목시켰다.

"우리 아들, 밖에 안 나간 거야?"

저녁 무렵 퇴근한 어머니는 조금 실망스러운 눈치였다.

"나갔다 왔는데?"

"저녁 먹고 들어올 줄 알았더니……."

"할 일이 많아."

"진짜 여친 아니었나 보네?"

"그거 기대했어?"

"응, 엄마는 친하게 걸어가는 남녀를 보면 괜히 좋거든."

"이제 보니 엄마야말로 남친 사귀어야겠네."

"송 셰프."

어머니가 정색을 한다.

"뭐? 요즘이 무슨 조선시대야? 엄마 나이가 몇인데 혼자 살려고."

"조선 아니고 신라라도 마찬가지거든? 나이 먹으면 사람 사귀는 거 피곤해. 그러니까 젊은 우리 송 셰프나 나 대신 열심히 사랑하세요."

"헐."

"아, 회장님하고 사모님이 두부 고맙다더라. 어찌나 잘 드시는지……."

"그거 다 빚이야."

"빚?"

"내가 곧 수금하러 갈 거거든. 그러니까 회장님 스케줄 좀 잘 체크해 줘."

"수금이 다 뭐야? 회장님 SNS 때문에 큰 도움도 받았다면서?"

"회장님 같은 분은 그런 자잘한 거 말고 큰 거래 하셔야지. 나도 때가 온 거 같아서 그분 기대에 한번 제대로 부응해 보려고."

거래.

윤기의 방점은 그 단어에 찍혔다.

그런데.

투자의 마중물은 생각지 않은 곳에서 터졌다.

이틀 후에 있은 김혜주의 한턱이 시작이었다.

"이야, 이거 오늘은 바짝 긴장해야겠는데요? 요즘 대세인 리폼 주방 셰프님들이 총출동을 하셨으니……."

청담동의 하얀 벽 레스토랑, 황 셰프가 엄살을 떨었다.

"저희가 오히려 긴장하고 왔습니다. 자연스러운 맛에서 한 수 배우려고요."

윤기가 덕담으로 받았다.

"아무튼 영광입니다. 조금만 기다려 주시기 바랍니다."

음료를 내준 황 셰프가 주방으로 향했다.

"분위기부터 먹어 주는데?"

진규태가 인테리어를 돌아본다. 마음에 드는 모양이었다.

김혜주의 한턱에 참가한 사람은 모두 일곱이었다. 리폼 팀원 넷에, 진규태와 윤기, 그리고 주희가 자리를 함께했다. 이리나는 개인 사정이 있다 하니 빼는 수밖에 없었다.

"자, 보석국수 나왔습니다."

황 셰프가 요리를 내왔다.

"와아."

모두가 넋을 놓는다. 쉽게 접하기 어려운 자태 때문이었다.

"이야, 이거 상상초월이네? 게다가 맛도 좋고."

진규태도 높은 점수를 준다. 경모와 창혁 등도 마찬가지였다. 뒤따라 나온 피자빈대떡도 명물이었다. 모두 다섯 파트로 이루어진 빈대떡은 다섯 채소로 구성되었다. 보석국수와 기막힌 궁합이 아닐 수 없었다.

"자, 마음껏 드세요. 오늘 제가 대리운전 알선도 책임집니다. 앞뒤가 똑같은……."

김혜주가 분위기를 띄웠다. 같이 나온 김민영과 기영자도 윤기네 팀을 챙겼다.

"진짜 대단했어요. 저 같으면 그냥 포기하고 말았을 텐데……."

황 셰프도 윤기의 쾌거를 축하해 주었다.

"제 말이요, 이래서 내 동생이라니까요."

김혜주가 윤기에게 헤드록을 걸었다. 애정 어린 손길이니 아플 리가 없었다.

좋은 시간은 빨리 간다. 다른 직업처럼 밤새 달릴 수도 없는 게 요리사였다.

"오늘은 여기까지."

판단은 진규태가 내려 주었다. 그가 많이 변했다는 건 이런 면에서도 알 수 있었다. 절주를 아는 것이다.

찰칵, 찰칵.

한국에는 남는 게 두 가지 있다.

먹는 것과 사진.

김혜주와 김민영, 두 스타를 끼고 질리도록 사진을 찍었다. 사진조차 포식하는 뒤풀이였다.

"잘 먹었습니다."

"고맙습니다."

팀원들의 인사가 이어진다.

"너무 약소했어요. 다음에는 진짜 거하게 한턱 낼게요."

김혜주가 그들의 인사에 답했다.

"요리하는 사람들은 다 마음에 든다니까. 하는 짓들이 다 맛있어."

윤기에 김민영까지 더해 셋만 남은 김혜주, 여전히 흡족한 표정이었다.

"누나가 턱을 낸다고 하니까 처음에는 안 믿더라고요."

"내가 뭘? 이제는 나보다 동생이 더 유명해."

"그럴 리가요."

"진짜야. 다들 리폼에 예약 잡아 달라고 난리라니까."

"그나저나 셰프님, 우리 여먹4총사 다 빈치 특집은 언제 되는 거예요? 피디님이 물어보라고 하던데?"

김민영이 빈틈을 파고 들었다.

"그거 내일 확 질러 버릴까요?"

"어머, 정말요?"

"얘."

김민영이 오버하자 김혜주가 견제구를 날렸다.

"언니, 나 진지해. 피디님이 전권 주셨단 말이야."

"그게 약간의 변수가 생겨서 좀 기다려 주시긴 해야겠어요."

윤기가 김민영을 바라보았다.

"보스키 도르 결선 때문에 그러죠? 그 전에 하는 건 당연히 바라지도 않아요."

"그게 아니고……."

"왜? 다른 문제가 있어?"

김혜주가 윤기에게 물었다.

"그런 거 같습니다."

"뭔데? 누나한테 얘기해 봐."

"그게……."

"어허, 동생."

김혜주 목소리에 힘이 들어갔다.

"그게 좀 우습게 들릴 수도 있지만… 그랑 호텔이 매각 작업 중인가 봐요. 그래서 가능하면 내가 인수해 보려고요."

"호텔이 매각된다고?"

"네."

"그런데 동생이 인수하는 게 뭐가 우스워?"

"네?"

"김민영, 너 우습냐? 내 동생이 그랑 서울 인수하는 게?"

"절대 안 우습지. 오히려 대찬성이지."

김민영의 즉답이었다.

"말이라도 고맙네요. 하지만 제가 자금이 없거든요. 싱가포르에서 받은 비트코인 처분해도 10억 될까 말까?"

"그게 뭐가 문제야? 영화처럼 투자자 찾으면 되지."

"영화처럼요?"

"그래. 영화 대부분 그렇게 찍어. 감독이 좋은 시나리오 만들면 그거 들고 투자자 모집하는 거야. 감독으로 치면 동생이 봉순호 이상인데 투자자 안 나오겠어? 나도 투자해 줄게."

"나도 무조건 동참."

김민영도 손을 들었다.

"누나……."

"호텔이 얼마에 나왔는데?"

"대략 700억 플러스 알파?"

"그럼 VIP 회원권을 파는 건 어떨까? 뉴욕의 유명한 레스토랑은 말이야 하루 저녁 테이블 권리 대여료가 2만 달러에 나온 적도 있어. 나도 딱 한 번 가봤는데 동생 요리가 꿀릴 거 하나도 없거든. 보증금은 본인이 원할 때 돌려주면 그만이고……."

"어? 그거 좋은 생각인데요?"

"1억씩 받으면 700명만 모으면 되잖아? 일단 나하고 민영이가 있으니까 698명?"

"언니, 제가 다섯 명은 모을 수 있어요."

김민영이 손가락을 펴보였다.

"뭐 나도 십여 명은 문제없어."

"700명까지는 필요 없고 상징적으로 30명 정도면 될 것 같아요. 그 정도 마중물이면 제가 구상하는 투자 유치가 가능할 것 같거든요."

"그럼 그랑 서울이 동생 호텔이 되는 거야? 송 셰프 호텔? 아니면 리폼 호텔?"

"된다면 리폼이죠. 제가 버릴 수 없는 이름이거든요."

"그렇잖아도 다 빈치 이벤트 직후에 그런 말이 나왔었어. 동생이 그랑 서울의 오너가 되어 요리 왕국으로 꾸미면 대박 날 것 같다고."

"그래요?"

"나도 그렇게 생각해. 그랑 서울 볼 게 요리밖에 더 있어? 그러니 요리 중심으로 가는 길만이 살길이야. 그러자면 동생이 적임자고."

"……."

"나 내일부터 당장 회원 모집 들어간다?"

김혜주는 농담이 아니었다.

윤기는 제대로 고무되었다. 회원권이 성공한다면 두 가지로 유익했다. 하나는 품격 있는 고정 손님의 확보. 또 하나는 이지용이나 페드로에게 윤기의 가치를 증명하는 길.

백지장도 맞들면 낫다더니…….

김혜주의 경험이 반짝거린다.

생각지도 않은 곳에서 밝은 등대를 만난 윤기였다.

*   *   *

두 번째 등대는 이지용 회장이었다.

그 다음 쉬는 날, 윤기가 한번 찾아뵙겠다고 어머니 편에 전하자 LGY 스테이크의 출장 요리를 요청했다. 2인분이었다.

'사모님과 드시려나?'

그렇게 생각하고 2인분을 준비했다. 오늘은 동결함침법을 쓰지 않았다. 이지용의 건강은 이제 거의 정상으로 돌아와 있기 때문이었다.

"송 셰프."

대문 앞에 도착하자 어머니가 나와 있었다.

"회장님은?"

"기다리고 계셔."

"제가 늦은 건가요?"

"얼른 가 봐."

"오케이."

윤기가 아이스박스를 들고 들어섰다. 이지용은 트레이닝실에 있었다. 운동 중이다.

"안녕하세요?"

인사부터 올렸다.

"어? 송 셰프?"

"요리 준비하겠습니다."

간단히 끝내고 사모님을 만났다.

"나 아침도 안 먹고 기다렸거든요?"

사모님도 반색이다.

어머니가 피워 준 숯불로 마무리 시어링을 하고 레스팅에 들어갔다. 미리 준비한 주사기로 컴파운드 소스를 주입하면 끝이다. 레스팅이 되는 동안 나무칩을 조금 튀겼다. 그사이에 다른 가니튀르들이 오븐에서 나왔다. 약간의 허브 장식에 윤기표 음료수를 곁들임으로써 출장 요리가 끝났다.

"이야, 역시……."

샤워를 마치고 나온 이지용이 군침을 넘겼다.

"냄새부터 달라요."

사모님도 서두른다.

"드십시오."

요리를 권하고 정원으로 나왔다. 차에서 서류를 꺼냈다. 하나하나 재검토를 한다. 윤기가 만든 인수안이다. 일주일 내내 이

서류 작성에 매달렸다.

"송 셰프."

그때 뒤에서 이지용의 목소리가 들렸다.

"식사 끝나셨습니까?"

"덕분에 또 포식을 했지. 솔직히 1인분 더 먹었으면 싶을 정도야."

"여분이 있는데 준비해 드릴까요?"

"나 말고 우리 설 여사님께, 나보다 더 아쉬운 눈치야."

이지용이 안을 가리켰다. 윤기가 바로 추가 시어링에 들어갔다. 고기만 굽는 것이니 오래 걸릴 것도 없었다.

"아까 보던 것 뭔가? 얼핏 보니 무슨 인수안 같던데?"

정원으로 돌아오자 흔들의자의 이지용이 물었다.

"보셨습니까?"

"내가 아직 눈은 쓸 만하거든."

"실은 회장님께 좋은 투자 건 하나 소개해 드리려고요."

"투자 건이라고 했나?"

"예."

"혹시 그랑 서울 호텔?"

이지용이 혹 질러 갔다. 뜻밖의 일이라 잠시 당황하는 윤기. 그 당황은 오래가지 않았다.

"알고 계셨군요?"

"주말에 처남이 왔었네. 그랑 서울이 다시 새 주인을 찾고 있다고 하더군."

"저도 그 일로 온 게 맞습니다."

"말해 보시게."

"그랑 서울 말입니다. 제가 인수하고 싶은데 회장님께서 투자를 좀 해주셨으면 합니다."

"그랑 서울을 송 셰프가?"

"안 될까요?"

윤기가 시선을 들었다. 이제는 기백이 필요했다. 태산도 무너뜨릴 듯한 기백. 담판이라면 누구에게도 밀리지 않던 역아의 눈빛. 윤기의 눈에는 그게 들어 있었다.

"……."

이지용은 잠시 말이 없었다. 그 눈에는 생각이 많아 보였다.

"송 셰프가 인수를 한다?"

"그랑 서울은 경쟁력이 없습니다. 단 하나 꼽으라면 리폼의 요리가 되겠죠. 제가 하는 말이 아니라 외부의 진단에서도 그렇게 나오고 있습니다. 현재 인수 의사를 타진해 온 인수자 측에서도 저를 옵션으로 거론한다고 들었습니다. 그렇다면 차라리 제가 오너가 되어 요리 중심의 호텔을 구현하는 게 옳다고 생각했습니다."

"송 셰프."

이지용의 목소리가 진지해졌다.

"셰프로서의 능력은 인정하네. 하지만 경영과 요리는 별개의 문제일 수 있어."

"알고 있습니다."

"요리만 잘한다고 만사가 해결되는 것도 아니고."

"그것도 알고 있습니다."

"자네 대안은 뭔가? 그랑 서울의 운영 전반이 어렵다는 건 알고 있겠지?"

"그랑 서울의 장점은 딱 하나 앤틱한 분위기입니다. 그것과 어울리는 매칭은 요리 힐링밖에 없습니다. 맛있게 먹고 편안하게 쉬었다 가는 거죠. 마침 미식 관광업이 부각되고 있습니다. 그런데 그런 음식점은 대개 요리만 먹고 가야 하죠. 그런 고객들에게는 최고의 아이템이 될 수 있다고 봅니다. 경영에 대한 건 전문경영인의 도움을 받으면 되고요."

"미식 호텔에 요리 힐링?"

"그렇습니다. 우리나라만 해도 호캉스를 즐기는 인구가 늘어나고 있으니까요."

"그건 코로나 때문이 아닌가? 지금은 상황이 달라."

"코로나 때 내국인 중심이라면 이제는 외국인까지 노릴 수 있죠. 오히려 긍정적입니다."

"낙관적이군?"

"요리가 그렇습니다. 긍정적인 마음이 아니면 맛있는 요리가 나오지 않으니까요."

"처남 말이 대략 700-800억이 소요될 거라고 하던데?"

"저도 들었습니다."

"자네 자본은 얼마인가?"

"금액으로 평가할 수 없습니다. 제 자본은 요리니까요."

"추상적이야. 사업은 구체적이어야 하네."

"요리도 구체적입니다. 하지만 요리를 하는 능력은 추상적이죠. 그러니 제 자본은 평가자에 따라 무한해질 수도 있습니다."

"이런 투자 요청은 처음이군."

"저도 처음입니다."

"내가 자네 요청을 들어줄 것으로 생각하나?"

"그렇기 때문에 찾아왔습니다."

"이유라도 들어 볼까?"

이지용이 다리를 꼬았다. 점점 더 느긋해진다. 윤기 역시 전혀 흐트러지지 않았다. 구차한 모습으로는 투자를 받을 수 없다. 투자란 상대에게 이익이 된다는, 그럴 가능성이 충분하다는 믿음부터 주어야 했다.

"이유는 굉장히 많습니다만 몇 가지만 말씀드리겠습니다."

"……."

"첫째, 제 요리입니다. 자본주의든 사회주의든 요리는 상류층 문화와 사교의 전반을 관통하는 아이템이니 이보다 더 매력적인 투자도 찾기 쉽지 않죠."

"……."

"둘째는 멕시코의 사업가 페드로 회장님입니다. 제 요리에 반해 특급 호텔 숙박을 취소하고 그냥 서울에 머물렀습니다. 전속 셰프가 되는 조건으로 백지수표를 내놓으신 분이니 투자 또한 망설이지 않으실 것으로 봅니다. 참고로 싱가포르에서도 제 요리에 만족해 비트 코인 열 개를 팁으로 주셨으니까요."

"……."

"멕시코는 조금 머니 가까운 한국으로 돌아옵니다. 혹시라도 제가 나르시시즘에 취했나 싶어 사회 저명인사들에게 투자 의향을 체크해 보았습니다. 고맙게도 단 사흘 만에 서른 명이 예약

우선권을 받는 회원권 형식으로 1억씩 투자하겠다는 의사를 밝혀 왔습니다."

윤기가 의향서 뭉치를 내놓았다. 김혜주와 김민영, 그리고 전송화 등이 알선해 준 사람들이었다.

"압박이군?"

이지용이 웃었다.

"회장님의 부채 이행 요청이기도 합니다."

"부채?"

"처음에 제게 말씀하셨습니다. 뭐가 필요하냐고."

"그게 바로 이거다?"

"동시에 회장님에 대한 예우이기도 하죠."

"예우라? 한국을 대표할 셰프가 멕시코 자본과 손잡기 전에 투자해라?"

"회장님의 베팅에 따라 반반의 투자가 될 수도 있습니다."

"증명해 보게."

"네?"

"페드로 회장 말이야, 나도 두어 번 본 적이 있지. 굉장히 깐깐한 사람으로 기억하거든."

"어떻게 보여 드릴까요?"

"영상통화 정도면 되겠지. 각도를 송 셰프에게 맞추면 나는 옆에서 관람하겠네."

"그러죠."

윤기가 핸드폰을 꺼내 들었다.

페드로의 번호를 누른다. 첫 신호는 씹혀 버렸다. 두 번째도 그랬다. 하는 수 없이 바바라에게 전화를 걸었다. 그녀는 단박에 윤기 전화를 받았다.

"바바라, 아빠랑 급한 통화가 있는데 내 전화 좀 받으라고 전해 줄래요?"

―기다리세요. 아빠한테 바로 전화하라고 할게요.

바바라가 전화를 끊었다.

3분도 되지 않아 페드로의 전화가 걸려 왔다.

―송 셰프.

화면에 페드로가 나왔다. 거대한 회의실의 창가였다.

"회장님."

―미안하오. 내가 회의가 많아서 말이지… 그런데 급한 일이 있다고?

"한 가지 여쭐 일이 있어서요."

―말해 보시오. 시간상 5분 드리겠소.

"실은 요리에 걸맞은 건물이 나와서요. 제가 인수하고 싶은데 투자하실 생각이 있으신지요?"

―그런 거라면야 대환영이죠. 필요한 자금이 얼마입니까?

"이게 좀 비싼 건물입니다만……."

―그런 건 상관없어요.

"알겠습니다. 그럼 회장님을 믿고 자세히 알아본 후에 구체적인 요청을 드리겠습니다."

톡.

화면 터치와 함께 영상 통화가 끝났다.

"호오, 이렇게 되면 아예 협박인데?"

이지용의 미소가 조금 더 커졌다.

"어쩌면 이 일은 이미 예정되었던 건지도 모릅니다."

"그 논리의 기원은 뭐지?"

"LGY, 회장님의 이니셜 아닙니까?"

"……!"

차분하던 이지용의 눈빛이 출렁 흔들렸다.

"그럼 애당초부터 여기까지 생각하고?"

"그건 아닙니다만 부친의 저택을 인수하고 싶은 생각은 있었습니다."

"우리 아버지께서 사시던 집을?"

"그 요청을 함께 드립니다. 최고의 VIP들을 모시려면 그들을 위한 영빈관이 필요한데 그 집이 여러모로 제격이라고 생각합니다."

"허헛, 이거야 원. 나를 통째로 말아먹으러 왔구만."

"다시 말씀드리지만 투자입니다."

"미식 호텔에 힐링 요리라……."

"……."

"좋아. 배당은 얼마나 생각하고 있나?"

"죄송하지만 최소한으로 하겠습니다."

"이젠 날강도 버전까지?"

"이윤을 요리에 투자하려는 겁니다. 회장님은 유통 하나를 해도 세계 최고를 지향하시지 않습니까? 그렇다면 회장님이 투자한 호텔요리도 마땅히 그래야 한다고 봅니다. 그런데 높은 배당을 드리고서야 요리에 투자할 수 있겠습니까?"

"그만."

이지용이 윤기 말을 잘랐다.

"회장님."

"총액의 51% 투자하겠네. 나머지는 페드로 회장에게서 끌어 오시게."

"정말입니까?"

"송 셰프 말대로 아닌가? 자네의 가능성으로 보고 투자할 바에야 멕시코의 자본에게 밀릴 수 없지."

"부친의 저택은요?"

"호텔에 투자하면서 그걸 마다할 수 있겠나? 다만 외양은 크게 건드리지 말길 바라네. 최소한 내가 살아 있는 동안은."

"약속드립니다."

"마지막 옵션이 있네."

"말씀하십시오."

"얼마 후에 방콕에서 보스키 도르 요리 대회 결선이 있지?"

"예."

"황금보스키상이라지? 그거 먹고 오게. 그래야 내가 움직이기 편할 테니."

이지용이 의미하는 건 일종의 명분. 윤기는 충분히 이해했다.

"알겠습니다."

"투자를 하는 것이니 인수 문제에 대해서는 내가 전반적인 검토를 하겠네."

"그러면 더 고맙죠."

"이제 우리가 동업자인가?"

"그런 것 같습니다."

"기왕 이렇게 된 거 세계 최고의 미식 호텔로 만드시게나."

"기꺼이."

정중한 인사를 마치고 저택을 나왔다.

"엄마."

배웅을 나온 어머니를 향해 벼락처럼 돌아섰다.

"왜?"

"으아악."

비명과 함께 어머니 품에 안겼다.

"얘가 갑자기 왜 이래?"

"그냥 좀 있어. 그런 거 있거든."

어머니 품 안에서 감격의 몸서리를 쳤다.

"송 셰프……."

"걱정 마. 좋은 일 생긴 거야. 그것도 무지막지하게 좋은 일……."

"회장님하고 얘기 나누더니 또 선물받았어?"

"받았지. 그것도 엄청난……."

"그런 거 자꾸 받지 말라니까. 회장님 보기 미안하게……."

"이건 거래니까 괜찮아. 정말 괜찮아."

"송 셰프……."

"엄마."

윤기가 어머니를 바라보았다.

"울기까지?"

"우는 거 아니야. 너무 좋으면 눈물이 나잖아."

"대체 뭔데?"

"아직은… 방콕 다녀와서 말해 줄게."

"방콕 요리 대회 우승하면 회장님이 큰 선물 준다고 했구나?"

"응, 비슷해."

"그런 거라면 할 수 없지. 어떻게든 챔피언 먹고 와. 사모님도 굉장히 응원하고 계셔."

"엄마는?"

"엄마는 응원 안 해. 나보다 더 훌륭하신 분들이 응원하고 계시니 내가 끼어들면 부정이라도 탈까 봐."

"진심?"

"응."

"좋아. 우리 엄마는 편안하게 기다리고 있어. 내가 싹 해치우고 올 테니까."

"꼭 그래 줘."

어머니의 두 손이 윤기 어깨로 올라왔다. 어머니 손에 마법이 실렸다. 마치 지구의 기를 다 몰아 주는 것만 같았다.

그럴게요.

꼭.

마음속으로 약속을 했다.

그랑 서울을 독보적인 미식호텔로 만들기 위해서라도.

제7장

—

이상 미각 VIP

"그래서? 내 체면 따위는 상관없다?"

중국 큰손들이 예약된 이틀 후의 리폼 홀, 디너 타임이 끝나갈 때 이리나의 목소리가 들렸다. 비상계단 쪽이었다. 식재료상 김풍원을 보내고 오던 윤기가 그쪽을 바라보았다.

"그게 아니잖아요?"

주희 목소리가 흘러나온다. 또 이리나에게 깨지고 있는 모양이었다.

"내가 설명 중이었어. 조금 틀려도 넘어갈 수 있잖아? 네가 언제부터 그렇게 불어를 잘하고 요리를 잘 아는데?"

"손님에게 잘못된 요리 정보를 줄 수 있어서 거든 거뿐이에요."

"거들어? 거든 게 아니고 나를 뭉갠 거야, 알아?"

"팀장님."

"너, 경고하는데 앞으로 내가 손님 응대할 때 끼어들지 마. 불어를 해도 너보다 낫고 고객 응대를 해도 너보다 나아. 누가 팀장인지 잊었어?"

"저번에 손님이 주고 가신 명품 가방 때문에 이러는 거죠?"

"뭐야?"

"그때부터 유난히 까칠하게 나오고 있어요. 아닌가요?"

"야, 내가 그 따위 명품 가방에 혹할 거 같아? 나 파리에서 살던 여자야. 명품 같은 건 거기서 질리도록 봤거든. 거기는 공원 거지도 명품 걸치고 다녀."

"면역이 되지 않는 사람도 있는 법이죠."

"뭐야?"

"그날 제가 송 셰프님하고 유 이사님 있는 데서 물었죠? 이거어쩌면 좋겠냐고? 그랬더니 팀장님이 내가 잘해서 받은 거니까 당연히 가지라고 하지 않았나요?"

"그것 때문에 그러는 게 아니라고 했잖아?"

"그럼 앞으로는 객관적인 잘못에 대해서만 지적하세요. 오늘처럼 오류를 바로잡는 일까지 참견하지 마시고."

"뭐야? 야, 변주희."

이리나가 악을 쓰지만 주희는 그대로 지나갔다.

주희 1승.

비상구 문 뒤에서 듣고 있던 윤기가 웃었다. 장족의 발전이었다. 그것은 곧 주희의 자신감이기도 했다. 처음에는 이리나의 스펙에 밀려 찍소리도 하지 못했다. 학력부터 불어, 고객 응대까지 딸렸다. 불어가 딸리니 프랑스 손님들의 요리 질문에 제대로 대답하지 못했고 그로 인해 자신감을 잃었다. 이제는 아니었다. 슬금슬금 붙기 시작한 자신감이 이리나를 넘고 있었다.

알고 보니.

이리나의 불어도 넘사벽은 아니었다.

그녀가 대단한 건 자존심뿐. 그래도 팀장이라고 자존심을 지켜 주지만 허튼 태클에는 더 이상 참지 않는 주희였다.

장족의 발전.

주희를 두고 할 수 있는 말이었다. 윤기를 멘토로 삼은 그녀는 나날이 진화하고 있었다.

오늘 주방은 거의 폭발 직전이었다. 병원의 회복기 환자들 때문이었다. 신세기병원 배기성 원장이 전국병원장들 회의에서 비밀을 폭로(?)한 덕분이었다. 분당의 초대형 병원 원장이 그의 후배. 그쪽에서 애절한 사연과 함께 20명 분의 요청을 해 왔다. 그 환자들은 중국과 러시아의 부호들이었다. 병원식이 입맛에 맞지 않아 고민 중일 때 배기성 원장이 가려운 곳을 긁어 버린 것이다.

"부탁합니다."

윤기에게 다이렉트로 전화가 걸려 왔다. 그 또한 배 원장의 소행(?)이었다. 애국이라는 국뽕성 발언까지 더하면서 사정하니 어쩔 수 없었다.

[20인분 추가]

결코 쉬운 일이 아니었다. 그나마 자체 숙성에 윤기가 요리를 지휘하기에 가능했다. 다른 셰프였다면 NO라고 외쳤을 것이다. 퀵배달의 달인 태술과 친구들을 불러 동결함침 스테이크 포장을 실어 주었다.

"흔들리거나 기울면 배달비 없다."

엄포와 함께 태술을 떠나보냈다.

"다들 수고했어요."

경모와 창혁 등의 노고를 위로했다. 피로는 위로로 치유된다. 그렇기에 말 한마디의 수고 따위는 아끼지 않았다.

"오늘 당번 누구죠?"

잠시 숨을 고른 윤기가 물었다.

"나."

경모가 손을 들었다.

"저도 남을 건데요?"

창혁도 호응한다.

"알았어."

"왜? 따로 준비할 거 있어?"

경모가 물었다.

"어떤 오더가 나올지 모르지만 괜찮으면 같이 해 보게요."

"같이?"

경모 귀가 솔깃해진다.

"한 분이 이상 미각이에요. 모든 요리를 쓴맛으로 느끼나 봐요. 그러니 공부 삼아 같이 준비해 보세요."

"이상 미각이라고?"

경모가 긴장한다.

"혹시 미맹 손님 받아 본 적 있어요?"

"뉴욕에 있을 때 듣기는 했어."

"어떤 분이었죠?"

"할리우드 연기자였는데 사고로 후각을 잃은 후로 맛을 못 느낀다고 하더라고. 오너 셰프가 내는 요리를 봤더니 시각적 플레이팅에 올인이었어. 눈으로라도 맛있게 먹으라고."

"나쁜 방법은 아니었네요."

"이 사람은 그래도 쓴맛은 느끼네?"

"그렇죠? 미맹보다는 낫죠?"

"나는 더 난감한데? 모든 맛을 쓴맛으로 느끼면… 어떤 향신료를 써야 하나?"

"창혁이는 어떻게 생각해?"

윤기의 질문이 창혁에게 넘어갔다.

"쓴맛이면… 단맛을 강하게 때려 넣으면 좀 잡히지 않을까요?"

"그럼 창혁이도 같이 해 봐."

"제가요?"

창혁의 표정이 급 어두워진다. 그때 주희의 인터폰이 들어왔다.

─중국 VIP 오셨습니다.

"다녀올게."

윤기가 몇 가지 준비물을 담은 쟁반을 집어 들었다.

"모든 맛을 쓴맛으로 느낀다? 난감하네?"

"그러게요."

윤기가 나가자 경모와 창혁의 몸에서 힘이 빠져나갔다. 난제를 만난 것이다.

"셰프님."

리폼 홀 입구의 주희가 윤기를 맞았다.

"세 분 다 오셨나요?"

"네, 중국어 통역은 안 불렀어요."

"잘했어요. 내가 하면 되니까요. 아, 그런데 주희 씨, 중국어는 공부 안 했어요?"

"조금 전에 응접했는데 대충은 알아들었어요."

"오, 그럼 중국어도 많이 늘었다는 얘긴데?"

"셰프님이랑 약속이니까……."

주희가 얼굴을 붉혔다. 가식 없는 미소로 손님에게 편안함을 주는 주희. 이제는 외국어의 품격까지 갖춰 가고 있었다.

"안녕하세요?"

테이블 앞에서 윤기가 인사를 올렸다. 쉐궈민이 누군지는 바로 알아차렸다. 체취 때문이었다. 달달하고 새콤한 두 사람에 비해 쉐궈민의 체취는 혼란스러웠다. 정리되지 않은 체취. 딱 그런 느낌이었다.

"당신이 송 셰프요?"

쉐궈민이 윤기를 바라보았다.

"예, 제가 송윤기입니다."

"단문창 셰프 말대로 중국어는 유려하시군."

"감사합니다."

"주선자의 추천에 단 셰프까지 추천하니 오기는 왔지만……."

쉐귀민의 시선이 리폼 홀을 스캔한다. 단장을 했지만 화려한 편은 아니었다. 바로크 장식은 낡아 보인다. 최신 초호화 호텔을 선호하는 취향이라면 구질구질하게 보일 수도 있었다.

"저희 호텔은 앤틱 버전입니다. 처음에는 눈에 들어오지 않지만 점점 편안해지죠."

윤기가 말했다.

"요리 말입니다. 내 얘기는 들으셨겠지?"

"요리가 쓴맛으로 느껴진다고 하더군요."

"극복시킬 자신이 있어요? 자신 없으면 아예 다른 곳으로 옮길 생각입니다."

"일단 이것 좀 시식해 보시겠습니까?"

윤기가 쟁반을 가리켰다. 꼬마 솜사탕 두 개였다.

"쎠."

첫 번째 것을 물더니 바로 인상을 찡그린다.

"이것도……."

두 번째 것도 같은 반응이 나왔다. 다만 그 정도가 약했다.

"두 번째 것이 조금 덜 쓴 것 같군요?"

"뭐 그렇기는……."

"알겠습니다. 메뉴는 뭘로 하겠습니까?"

"나는 파스타, 하지만 평범한 것들은 사양."

첫 오더는 맞은편에 앉은 왕이보의 것이었다.

"나는 소고기면 오케이."

그 옆의 진비우는 육식을 택했다.

"뭐 쓰지만 않다면 간 요리가 당기는데……."

쉐귀민은 간 요리를 택했다.

"와인은 뭘로 드릴까요?"

"메뉴에 보니까 루이 14세의 와인이 있던데 그걸로 주세요."

와인 선택은 왕이보가 책임을 졌다.

"간 요리?"

오더를 본 경모와 창혁이 굳었다. 간 요리는 해 본 적이 없기 때문이었다.

"간 좀 확보해 줘요. 송아지와 아귀 간으로."

윤기가 요청하자 경모가 전화를 걸었다. 송아지 생간이 지급으로 날아왔다. 거래처에서 총알 퀵으로 보낸 것이다.

"송아지 간과 아귀 간, 모든 요리를 쓴 맛으로 느낀다는 손님의 오더입니다. 방금 실험해 봤더니 솜사탕도 쓰다네요. 여튼 요리 시작하세요."

경모와 창혁에게 과제를 던졌다.

그런 다음 소고기의 여덟 가지 부위를 골라 여덟 가지 디자인으로 커팅했다. 부위는 탄력적인 육질부터 지방이 많은 부위까지 고루 포진시켰다. 모양 역시 둥근 원뿔을 시작으로 삼각형, 주사위 형태 등으로 다듬었다. 가벼운 마리네이드 후에 너도밤나무 숯으로 표면을 구웠다. 황금빛 시어링이 끝나자 소금과 쥬니버 베리에 재워 둔 양배추와 함께 넣어 자작자작 끓이기 시작했다.

진비우의 오더다.

윤기는 슈크르트 풍으로 갔다. 새콤한 양배추가 포인트다. 우리나라의 김치찌개와 살짝 닮았다. 보통은 소시지나 족발, 베이컨을 곁들여 먹는다. 윤기는 그것들 대신 소고기 8종 부위를 택했다. 익어 가는 모습은 호쾌하기 그지없었다.

다음 과정은 새우였다. 살아 있는 새우를 그릇에 담아 놓고 제 힘으로 튀어나오는 놈들만 골랐다.

여기에는 단백질 결합제가 필요했다. 흔히 쓰는 육류 본드가 아니라 트랜스글루타미나아제였다. 이 결합제는 단백질을 붙이고 풍미를 높여준다. 게맛살의 원료로도 쓰인다. 근막이나 지방층 같은 것만 조심하면 되니 새우의 경우에는 큰 장애가 없었다.

새우 껍질을 까고 생살의 포를 떴다. 새우살은 두 가지 색을 낸다. 겉은 빨갛고 속은 희다. 속살은 아래에 깔고 트랜스글루타미나아제를 얇게 도포한 후에 겉살을 올렸다. 가루가 미세하므로 마시지 않도록 조심했다. 사용할 때의 조건은 불 옆보다 저온이 좋다. 접착이 끝나면 상온에서 30분 방치하는 것으로 결합이 완료된다.

소스는 황금빛의 샤프론 소스를 베이스로 택했다. 향이 좋고 고급스럽다. 본래 해산물에 많이 쓴다. 파스타의 재료가 새우인 데다 뒷맛까지 달달하니 왕이보와 잘 어울렸다.

마지막으로 간이 남았다.

[쓴맛]

큰 관건이지만 담담하게 진행했다. 이미 단서를 잡은 것이다.

송아지 간은 두 가지로 준비했다. 도톰한 슬라이스와 종잇장처럼 얇은 슬라이스가 그것이었다. 도톰해야 핑크센터가 나온다. 후추와 타임을 조금 뿌리고 찹쌀가루에 굴려 두었다. 얇은 것 4장은 따로 쓸 일이 있었다.

송아지 간 요리에는 샬롯이 많이 쓰인다. 달달하고 세련된 맛 때문이다. 윤기의 선택은 달랐다. 가니쉬를 겸한 모렐버섯, 즉 곰보버섯이었다. 두 개가 남았으므로 다 동원했다. 경모와 창혁은 샬롯으로 시작하는 중이었다.

모렐은 잘 씻어야 한다. 아울러 완전히 익혀야 한다. 그렇지 않으면 독성물질이 남을 수 있었다. 디글레이징을 위한 와인도 따로 골랐다. 짠맛이 특징인 종류였다. 버터 역시 그쪽을 선택했다.

슬라이스로 썰어 낸 간은 결합 과정과 마리네이드를 거쳐 틀 안으로 들어갔다. 모양을 잡은 후에 조금 작은 틀로 눌러 오븐에 넣었다.

이제는 아귀 간 차례였다. 힘줄과 혈관을 제거하고 잡내를 뺐다. 특히 혈관을 조심해야 한다. 손질이 끝나자 말린 관자 육수에 청주와 간장을 섞은 냄비에 넣어 끓였다. 여기도 단맛은 따로 첨가하지 않았다.

조리가 끝난 아귀 간은 물기를 제거하고 흰 알갱이와 섞어 작은 틀에 넣고 눌렀다.

"5분 드립니다."

윤기가 마감 시간을 알렸다. 경모와 창혁이 바빠지기 시작한다. 3인분에 세 가지 요리를 하는 윤기보다 샘플용 1인분을 하는 그들이 더 분주해 보였다.

[핀토 콩을 곁들인 송아지 간]
[바짝 구운 송아지 간 슬라이스 속에 넣은 아귀 간 버거]
[샤프론 소스의 새우 파스타]
[슈크르트 풍의 쇠고기 8종 로스트]
[차갑게 걸러 낸 루이 14세의 와인]

요리가 나왔다. 네 종류의 요리는 플레이팅 접시가 제각각이었다. 쉐귀민의 것은 차이나 레드 빛깔의 접시에 담겼다.

"샘플 분량만큼만 가져오세요."

윤기가 가이드를 주었다. 송아지 간 요리다. 경모는 샬롯에 버터를 더해 익힌 다음에 지졌고 창혁은 숯불에 구운 다음에 구운 샬롯과 구운 가지를 곁들였다. 둘 다 한입 크기였는데 거친 카옌페퍼와 허브가 올라가 비주얼이 좋았다.

윤기 것은 핑크색으로 변한 핀토 콩이 한 알 올라갔다.

"선배 요리 특징은요?"

윤기가 레시피를 물었다.

"단맛이 강한 레드와인에 스테비아를 소량 섞어서 끓어다가 지져 냈어."

스테비아.

설탕에 비하면 핵탄두급의 단맛을 자랑한다. 쓴맛을 느끼지 못하도록 단맛 위주로 나간 것이다.

"창혁이는?"

"저는 초콜릿에서 착안해 달달한 샬롯을 쓰고 미라쿨린을 조금 넣었어요. 그게 들어가면 신맛과 쓴맛을 달게 느끼게 하잖아요?"

[압도적인 단맛의 스테비아]
[쓴맛을 달게 느끼게 하는 마법의 향신료 미라쿨린]

쓸개즙을 뿌렸대도 눌러 버릴 강력한 조합들이다. 창혁이 말한 초콜릿이 그 증명이다. 원래는 쓴맛의 약초였던 초콜릿. 거기 설탕을 첨가함으로써 쓴맛을 잡았다. 그러니 일반인의 경우라면 강력한 단맛으로 인해 쓴맛을 느낄 겨를이 없을 선택이었다.

"좋아. 기대해 보지."

긍정적인 마무리를 할 때 카트가 들어왔다.

"샘플 접시 말이에요, 경모 선배하고 창혁이, 그리고 내가 한 거거든요. 어떤 게 쉐귀민 손님 입맛에 맞을까요?"

홀을 향해 걸으며 윤기가 연습 문제를 냈다.

"어떤 게 셰프님 건데요?"

"그건 비밀."

"음… 저는 이거요."

주희의 선택은 창혁의 것이었다.

"어휴, 떨려요."

주희의 몸서리와 함께 VIP들의 테이블이 가까워졌다.

＊　　　　＊　　　　＊

"오, 괜찮은데요?"

세팅 후의 첫 반응은 진비우에게서 나왔다. 소의 여덟 부위를 여덟 가지 모양으로 커팅한 비주얼이 마음에 드는 모양이었다.

"이것도 컬러는 괜찮군요."

왕비오도 파스타에 호감을 드러냈다. 윤기는 쉐궈민을 보고 있었다. 어차피 오늘의 관건은 그였다.

"이게 뭡니까?"

그가 샘플 접시를 건드렸다. 그 앞에 놓인 샘플 요리였다.

"맛보기입니다. 셋 중에서 입맛에 맞는 것으로 세팅해 드리겠습니다."

윤기가 샘플을 권했다.

"맛보기라……."

그의 포크가 움직였다. 첫 선택은 창혁의 것이었다.

"써."

입에 물기 무섭게 인상을 찡그린다. 윤기 시선이 멈추지 않으니 두 번째 것을 집었다. 그건 경모의 요리였다.

"이것도 마찬가지."

쉐궈민의 인상이 더 뭉개졌다. 이제는 아예 뱉어 버릴 기세였다.

"남은 것도 맛을 보시죠."

"됐어요. 기대를 한 내가 잘못이지."

그가 포크를 놓아 버렸다.

"손님."

"됐다지 않습니까? 가서 볼일 보세요."

"그 샘플은 입맛에 맞을 겁니다."

"이봐요. 두 개 다 쓸개처럼 씁니다. 굳이 먹어 볼 필요도 없어요."

쉐궈민의 목소리가 살짝 튀었다. 짜증이 나는 것이다.

"여기까지 오셨지 않습니까? 입맛에 맞는 요리를 앞에 두고 포기하면 그것만큼 아쉬울 일도 없지요."

"이봐요. 송 셰프."

"단문창 셰프님을 생각하셔서라도……."

"아, 거참."

짜증에 겨운 쉐궈민이 남은 샘플을 집었다. 그게 입으로 직행을 했다.

"글쎄, 당연히 쓰……?"

고기를 우물거리던 쉐궈민이 동작을 멈췄다.

"괜찮습니까?"

앞자리의 왕이보가 물었다.

"응?"

쉐궈민이 입안의 잔맛을 체크한다. 혀를 굴리는 모습이 보인다. 그사이에 음악이 바뀌어 있었다. 경쾌하던 선율에서 살짝 소란이 섞인 연주곡이 나오고 있었다.

"어떻습니까?"

윤기가 물었다.

"조금 전의 것보다는 덜 쓴 듯?"

"주희 씨."

윤기가 신호를 보냈다. 쉐귀민의 요리는 그제야 세팅이 되었다. 윤기가 만든 송아지 간 요리와 아귀 간 버거였다. 송아지 간은 모렐 버섯에 핀토 콩을 곁들였다. 핑크빛으로 변한 핀토 콩이 시선을 강탈하며 식욕을 촉발한다.

아귀 간 버거는 보는 것만으로도 목젖이 출렁거렸다. 상하 두 겹씩 쌓은 슬라이스는 구워 낸 정도가 달랐다. 표면의 것은 황금빛으로 바삭하게 익었고 그 아래의 것은 촉촉한 육즙을 머금었다. 그사이에 맛의 보고 아귀 간이 유혹의 손을 흔든다. 그 위에 살며시 올라 앉은 간장 캐비어의 자태 또한 도발적인 세팅이 아닐 수 없었다.

요리는 둘 다 검은 빛 접시에 세팅이 되었다.

다시 쉐귀민의 손이 움직였다. 송아지 간을 잘라 한 점을 시도한다.

우물.

윤기와 주희는 물론, 두 VIP도 촉각을 곤두세운다.

"……?"

쉐귀민의 반응은 복잡하다. 그러나 쓰다는 말은 나오지 않았다.

이번에는 아귀 간 버거를 잘랐다. 입으로 들어갔다. 왕이보와 진비우가 대신 군침을 넘긴다. 고소하게 익은 표면, 그 안에서 드러난 아귀 간 패티가 치명적인 풍미를 풍긴 것이다.

"음?"

몇 번이고 입맛을 다신 쉐귀민이 윤기를 향해 *끄덕* 고갯짓을 보냈다.

먹을 만해.

그 뜻이었다.

"그럼."

윤기는 정중한 인사를 남기고 돌아섰다.

"된 거 같아요? 그렇죠?"

주희가 속삭였다.

"그런 모양인데요?"

"와아, 셰프님은 정말?"

"주희 씨 덕분이에요."

"제가 뭘요?"

"음악 세팅 말이에요, 타이밍 딱 맞춰서 나오게 했잖아요."

"경쾌한 음악에서 소란스러운 곡으로 넘긴 거요?"

"네."

"그것 때문에 쓴맛을 못 느끼는 거예요?"

"백지장도 맞들면 낫죠."

카운터 앞에서 VIP들을 돌아보았다. 식사는 잘 진행되고 있었다. 진비우는 점점 더 큰 조각을 욱여넣는다. 왕이보의 포크질도 빨라진다. 모두 요리가 마음에 들 때 나오는 행동들. 쉐궈민의 손길도 그랬다.

"쓴맛 손님 말이에요, 2인분 정도 추가 오더 나올 거예요. 가서 준비하고 있을게요."

"셰프님."

"뭐 틀리면 제가 나중에 한턱 내고요."

윤기 걸음이 바빠졌다.

"셰프님."

주방의 두 남자도 궁금하기는 마찬가지였다. 홀 입구까지 와서 슬쩍 훔쳐본 모양이었다.

"왜 내 요리냐고?"

앞치마를 동여맨 윤기가 웃었다.

"네."

고개를 빼든 건 창혁이다. 물론 경모도 귀를 기울이고 있었다.

"전에 그런 말 해 주지 않았어? 나그네와 햇살과 바람."

"……?"

"두 사람, 쓴맛을 감추려고 단맛을 극한으로 가미했잖아?"

"네."

"그게 문제야. 저 손님은 쓴맛만 느끼는 게 아니라 단맛을 쓰게 느끼는 장애거든."

"단맛을 쓰게요?"

"쓴맛과 단맛이 만나면 단맛이 더 강조되거든. 저 손님의 경우는 어떨까."

"더 쓰게?"

"맞았어. 입맛이 쓰다고 하니까 다들 단맛을 강화시켰지? 그럼 어떻게 되겠어? 더 쓴맛이 되겠지?"

"그럼 셰프님은 비법은요?"

"요리의 맛을 죽이고 살리는 데 다섯 가지 원리가 있잖아? 대비와 상쇄, 상승과 변조, 그리고 억제 현상."

"어려워요."

"그럼 해 봐. 다섯 가지 맛을 섞어 보면 답이 나올 거야."

윤기 손은 점점 더 바빠졌다. 송아지 간과 아귀 간 준비였다. 아귀 간에서 나는 고소한 냄새가 아까보다도 진하게 느껴진다. 다섯 가지 원리에 들어가지 않는 또 하나의 변수. 바로 기분이었다. 셰프의 기분이 좋으면, 먹는 사람의 기분이 좋으면, 요리의 맛은 한 단계 더 상승하게 되어 있었다.

"셰프님, 진짜 추가 오더예요."

주희의 인터폰이 들어왔다.

"가져가세요."

윤기가 답했다.

오더는 두 번 이어졌다. 왕이보까지 새우 파스타를 추가했다. 덕분에 루이 14세의 와인도 한 병 더 서빙되었다.

"손님들이 셰프님을 좀 모셔 달라는데요?"

다시 인터폰이 들어왔다.

"셰프님."

윤기가 다가오자 쉐궈민이 손을 들어 보였다. 짜증으로 범벅이던 아까와는 다른 표정이었다.

"맛나게 드셨습니까?"

윤기가 손님들의 반응을 물었다.

"이 파스타 말입니다."

왕이보가 포문을 열었다.

"새우 맛 파스타죠?"

"새우 맛이 아니고 그냥 새우 파스타입니다. 새우살 96%, 면 자체가 거의 새우였거든요."

"새우? 그런 게 가능합니까?"

"분자요리였습니다. 특별한 파스타를 원하시니 정성을 들여 보았습니다."

"하지만 분명 면발이었는데?"

"새우살을 얇게 떠서 단백질 결합제의 도움을 입혔죠. 결합제는 식물에서 추출한 효소제이니 안심하셔도 됩니다. 오히려 풍미까지 올려 주니까요."

"아, 어쩐지 면발의 맛에 깊은 울림이 있더라니……."

"새우살의 표면과 속살의 색을 대비시켜 보는 즐거움을 주려고 했는데 만족하셨다니 기쁩니다."

"만족하다마다요. 한 입을 무는 순간, 입안 가득 퍼지는 그 깊은 맛이란… 게다가 황금빛 소스까지 일품이었어요."

"감사합니다."

"진 대표는 어때요?"

쉐퀘민이 진비우의 소감을 물었다.

"슈크르트풍의 소고기 8종 로스트… 완전 박력덩어리였어요. 탄력적인 육질과 부드러운 지방의 교차 감상… 새콤한 양배추 소스에서 우러나는 산미와 함께 여덟 가지 진미의 역동이랄까? 내가 전에 한번 불도장을 먹고 반한 적이 있는데 이게 더 공격적이었던 것 같습니다."

잠시 눈을 지긋이 감았다 뜬 진비우가 소감을 이었다.

"한 입 넘기기 무섭게 관자놀이를 때린 미각의 반응이 심장의 박동에 제동을 걸더군요. 그러다 확 가속이 붙으면서 피가 도는

데… 위장에서 종소리가 나는 것 같았습니다. 진짜 기대 이상이었어요."

진비우의 평가는 최상이었다.

윤기의 시선은 쉬궈민의 접시에 있었다. 아귀 간 버거는 흔적조차 없고 송아지 간은 두 쪽이 남았다.

"송 셰프."

그가 입을 열었다.

"예."

"나는 사실 좋은 요리를 많이 먹어 봤습니다."

"예……."

"이상 미각이 오기 전으로 치자면 오늘 당신의 요리 맛은 별로였어요. 하지만."

"……."

"이상 미각이 된 후로 제한하면 최고의 요리였습니다."

"……."

"설명해 주시겠습니까? 어떻게 쓴맛을 잡았는지?"

"이이제이라는 말을 아시겠지요?"

"이이제이? 적으로 적을 친다?"

"예."

"그게 왜 여기서 나오죠?"

"제가 처음에 드린 꼬마 솜사탕 기억하시죠?"

"예."

"하나는 우리가 먹는 보통 설탕이었고 또 하나는 무가당이었습니다. 그때 전자보다 후자가 조금 더 쓴 것 같다고 하셨습니다."

"……."

"그리고 식사 전에 드렸던 세 가지 샘플… 둘은 쓴맛을 누르는 단맛을 강화시킨 요리였습니다. 그래서 쓴맛의 강도가 엄청 났었죠?"

"맞아요. 보는 사람만 없다면 토해 버리고 싶을 정도였습니다."

"손님은 쓴맛에 민감한 게 아니라 단맛을 쓰게 느끼는 부류의 이상 미각입니다. 그래서 모든 요리에 단맛을 쓰지 않았습니다. 쓴맛을 느끼게 되는 원인 물질을 제거한 거죠."

"그건 이이제이가 아니잖아요?"

"대신 짠맛을 조금 높였습니다. 요리 맛의 원리를 보면 쓴맛은 짠맛에게 약하거든요. 보통은 쓴맛을 감추기 위해 단맛을 높이지만 손님의 경우에는 단맛을 쓸 수 없으니 짠맛으로 쓴맛을 눌러 놓은 거죠. 간단히 말하면 육류의 잡내를 잡기 위해 향신료를 뿌리는 것과 같은 이치입니다."

"그러니까 셰프는 보통 요리사들과 반대로 갔군요?"

"맞습니다. 단맛으로는 손님의 쓴맛을 잡지 못합니다. 오히려 쓴맛의 농도를 높이는 역할이 되니까요."

"이야."

"거기다 한 가지 더한 건……."

"비기가 또 있어요?"

"이상 미각자든 미맹이건 즐겁게 먹을 권리가 있다, 그걸 채워 드리고 싶었습니다. '내 요리는 달라'라는 요리 자랑이 아니라 손님의 기본권을 생각한 거죠."

"빙고."

쉐궈민이 무릎을 내리쳤다. 윤기의 설명에 제대로 꽂힌 것이다.

"기본 충실, 알고 보니 간단한 일 아닙니까?"

"그렇군요."

"하지만 그게 어렵죠. 알고 보면 간단하지만 그걸 알기까지의 과정… 오늘 이 셰프님 덕분에 사업 구상 머리가 확 열리는 느낌인데요? 선입견이나 답습 타파… 그게 바로 기업의 혁신 아닙니까?"

왕이보가 대화에 들어왔다.

"사실 쉐 총경리 사정을 봐서 따라오기는 했는데 기대는 없었어요. 그런데 요리를 보는 순간, 그 맛을 보는 순간, 반성했었습니다. 세상은 확실히 넓구나. 내가 아는 상식으로만 세상을 평가하면 안 되겠구나……."

진비우도 소감을 피력했다.

"저는 거기에 하나를 더 얻었습니다."

쉐궈민의 목소리가 올라갔다.

"뭡니까?"

두 VIP가 물었다.

"사람 말입니다. 저희 부친 좌우명이 그거 아닙니까? 돈이 아니라 사람을 얻어라. 그분이 좋아하는 셰프가 초야에 묻혀 사는 맛의 달인 단문창 셰프세요. 오늘 여기 송 셰프를 만난 것도 그분의 추천이었죠. 결국 좋은 사람과의 연결 고리가 중요한 거 아니겠습니까?"

"단문창 셰프님의 말을 믿어 준 손님의 방문도 쉬운 일은 아니었겠죠. 모쪼록 만족스러운 식사였다니 셰프로서 기쁠 뿐입니다."

쉐궈민의 칭찬에 대한 윤기의 응답이었다.

"기분입니다. 오늘 식사는 제가 쏘겠어요. 그래야 오늘 밤 겜블에서 제대로 불탈 것 같네요."

왕이보가 지갑을 꺼냈다.

"무슨 말씀… 저 때문에 온 것이니 제가 냅니다."

쉐궈민이 왕이보를 제지했다.

"계산은 내가 하려고 했더니… 그럼 우리 이렇게 합시다."

진비우가 중재에 나섰다.

"어떻게요?"

"아까 보니까 여기 요리는 기준 가격에 만족에 따라 지불하는 자유가격제더군요. 그러니 이 테이블 전체 가격을 각자 계산하는 겁니다. 그럼 셰프 쪽은 3배를 받는 것이니 만족이고 우리는 각자 서로에게 한턱을 낸 것이니 만족 아니겠습니까. 그래야 우리도 셰프의 눈도장을 받아서 쉐궈민 총경리가 없는 날 방문하기 떳떳하고요."

"좋은 방법이군요. 그렇게 합시다. 대신 셰프님과 직원들 팁은 내가 내겠어요. 그것까지 막으시면 화낼 겁니다."

쉐궈민의 팁은 후했다.

"머잖아 다시 올 겁니다. 그때도 잘 부탁합니다."

계산을 마친 쉐궈민과 VIP들이 일어섰다.

찰칵.

방문 기념 사진을 찍었다. 윤기의 요청에 기꺼이 응한 중국 큰 손들이었다. 윤기의 보람 하나가 늘어났다.

"안녕히 가십시오."

주희와 함께 배웅을 했다. 쓴맛에 시달리는 손님이지만 윤기에게는 달달한 손님으로 남았다.

제8장

—

가자, 황금보스키상의 땅 방콕으로

"답 찾았어?"

주방으로 들어서며 창혁에게 물었다.

"네, 셰프."

창혁이 소금을 흔들었다.

"선배는요?"

"나도."

그가 흔드는 건 히말라야 암염. 조금 다르지만 답을 찾은 건 같았다.

"오미에 매운맛까지 다 더하고 빼 보았더니 답이 나왔어요. 짠 맛 맞죠?"

"맞아."

"와아, 진짜 고난이도예요. 다들 단맛을 더하지 누가 짠맛을 더해서 쓴맛을 누르려 하겠어요?"

"다 똑같은 셰프가 되면 안 되니까."

"셰프님은 어떻게 아셨어요?"

"나?"

윤기가 잠시 생각에 젖는다.

간절하게 알았다.

아니, 목숨을 걸고 알았다. 역아의 요리는 그랬다. 천한 요리사 출신. 황제의 눈 밖에 나는 날 사라진다. 그의 총애를 유지하고 권력의 중심에서 버티려면 날마다 목숨을 걸어야 했다.

"모든 경우의 수를 다 더해 보았지."

윤기의 답이었다. 그 경우의 수 안에는 사람의 피, 나무의 수액, 심지어는 돌을 갈아 내 침전시킨 물도 있었다.

"아무튼 대단해요."

창혁의 눈에 존경이 들어 있다.

"이제 퇴근해야죠?"

윤기가 경모를 바라보았다.

"미안, 셰프. 먼저 가. 우리는 연습 좀 더 하고 갈게."

"너무 무리는 하지 마세요."

둘의 속을 아는 윤기였다. 그렇기에 긴말을 하지 않았다. 조리대를 정리하고 무쇠 팬을 고정대에 걸었다. 그러다 문득 무쇠 팬에서 시선이 멈췄다.

'구찬홍 팀장님……'

두툼한 팬에 그분 얼굴이 서렸다.

그랑 서울의 요리를 책임졌던 실력파. 그러나 암에 걸려 투병

하자 전임 대표의 눈총이 깊어졌다. 결국 사표를 내게 되었다. 병원에 입원하고 있을 때 두 번 면회를 갔었다. 한 번은 김밥을 가져다주었다. 항암으로 입맛이 떨어져 음식을 못 먹는다는 말을 들었던 것이다.

새벽처럼 김밥을 말아 놓고는 고민했다. 윤기 김밥이 맛있을 리 없었다. 그래도 몰라 가방에 넣고 갔다. 구찬홍의 병실에서도 망설였다. 창가에 다른 음식이 보였다. 누군가 가져온 영양죽이었다.

그 앞에서 김밥 도시락을 만지작거릴 때 구찬홍이 돌아왔다. 암 관련 검사가 끝난 모양이었다.

"김밥?"

등 뒤에서 나는 목소리에 윤기는 도시락을 떨어뜨릴 뻔했다.

"팀장님……."

"네가 말았어?"

"……."

"줘 봐."

"맛없어요."

몸으로 김밥을 가렸다.

"그건 내가 판단하는 거야."

"……."

"어서."

"죄송해요. 만들기는 했는데……."

윤기가 김밥을 내밀었다. 구찬홍은 두 개를 거푸 입에 넣었다.

"괜찮은데?"

"진짜요?"

"내가 말해 주지 않았니? 오미를 살리는 최고의 향신료."

"정성요."

"네 김밥에 그게 가득하구나."

"팀장님……."

"그 정성으로 버텨. 사람들 시선이나 평가에 휘둘리지 말고 네 요리를 공부해. 조금 늦으면 어때? 너 요리 좋아하잖아?"

"네……."

"오랜만에 잘 먹었다."

마지막 김밥을 넘긴 구찬홍이 해사하게 웃었다. 팀장님과는 그게 마지막이었다. 이후에 퇴원을 하고는 연락이 끊겼다.

―고향의 산속으로 들어가셨대.

나중에 들은 말이었다. 핸드폰까지 반납했는지 연락도 닿지 않았다.

―건강이 꽤 좋아졌다던데?

그 이야기는 풍문으로 들었다. 퇴직한 전임 조리부장이 주방을 방문했을 때였다. 시간이 남으니 그 산을 찾아간 모양이었다. 그분은 지난 봄에 운명을 했다. 그 후로 구찬홍의 소식을 듣지 못했다.

[구찬홍]

무쇠 팬을 보자니 마음이 따뜻해졌다. 그분은 죽지 않았을 것 같았다. 만약 살아 있다면, 건강이 회복되었다면, 주방의 한

축을 맡아 줄 적임자였다.

'한번 찾아가 봐야겠어.'

마음을 다지며 복도로 나왔다. 고향의 산 이름은 알고 있었다.

[셰프님, 이게 다 뭐예요?]

[팁이 무려 백만 원씩이야?]

창혁과 경모의 문자가 다투어 들어왔다. 쉐귀민의 팁을 주희가 배분해 준 모양이었다.

[그럴 자격들 있어요.]

윤기의 답문이었다. 진심으로 그랬다. 문자를 찍고 핸드폰을 놓을 때였다. 국제전화가 들어왔다. 가스파르의 번호였다.

—송 셰프님.

그의 목소리가 밝았다.

"VIP 고객들 말이죠?"

—방금 전화 받았습니다. 맙소사, 진짜 해내셨더군요?

"덕분에 좋은 손님들을 모셨습니다."

—덕분은 제가 덕분입니다. 셰프님 덕분에 제 신뢰도가 30%는 올라간 것 같습니다.

"통화하셨어요?"

—그동안 통화한 가운데 가장 흔쾌하더군요. 농담인지는 모

르지만 다른 나라의 겜블에 갈 때도 송 셰프를 끼워 주면 안 되냐고 물었습니다.

"그건 좀 곤란하겠는데요?"

─이렇게 되면 제가 보답을 하겠습니다. 서울의 카지노 이벤트와 비즈니스를 더 진행해서 고객을 몰아 드리죠.

"그러면 고맙죠."

─약속합니다. 그렇잖아도 호텔 요리에 불만을 갖는 VIP들이 많거든요.

"그럼 아예 우리 호텔과 협약하시는 게 어떨까요? 앞으로 요리 중심의 미식 호텔로 탈바꿈할 계획이거든요?"

─그래요?

"예."

─하지만 그랑 서울은 별이 네 개라서…….

"그렇다면 핀란드의 앤틱 스노우맨은요?"

─앤틱 스노우맨? 거긴 좀 예외죠.

"처음부터 예외였던 건 아닙니다."

─…….

"저희가 시설 좀 보강하고 특별한 요리를 내세우면 근접하지 않을까요? 적어도 요리만큼은 세계 어느 호텔에도 뒤지지 않을 자신이 있습니다만."

─그러자면 다가오는 방콕 대회를 석권해 주세요. 나나 다비드처럼 직접 맛을 본 사람은 송 셰프를 인정하지만 그렇지 않은 사람들은 셰프의 스펙도 중요시하거든요.

"알겠습니다."

─아무튼 정말 수고했습니다. 당신을 만난 건 행운이에요.

빙고.

혼자 쾌재를 불렀다. 가스파르를 만난 건 윤기도 행운이었다. 덕분의 중국의 인맥들이 늘어난 것이다.

송야쉔과 장 여사를 생각했다. 그들의 초대에 응해 요리를 떨치면 외연이 더 확장된다. 서두르지 않는다. 작은 불이 어둠을 밝히듯 차근차근 주변을 밝혀 갈 생각이었다.

바빴다.

정말 그랬다. 요리 때문만이 아니었다. 호텔을 인수한다는 건 천문학적인 비용만큼이나 할 일이 많았다. 이지용이 법률적인 검토를 대신 해 줌에도 그랬다.

이틀 후는 더 그랬다.

경모가 공을 들이는 여친 윤아의 방문이었다. 여친 둘을 데리고 왔다. 식사를 마치자 경모가 주방으로 안내를 했다. 자신의 일터에 더불어 윤기를 소개하려는 의도였다.

인사를 나누고 인증 샷을 찍었다. 여친은 주방에 호기심이 많았다. 외국인 셰프 에르베에 대한 동경심도 있었다. 무엇보다 경모에 대한 신뢰가 싹트는 눈치였다. 그러니 극빈(?) 대우를 해 주는 수밖에 없었다.

특별한 꽃차 커먼말로우의 마법을 보여 주고 분자요리 칵테일도 맛보여 주었다.

"고마워."

그녀들이 돌아가자 경모가 고개를 숙였다.

"뭐가요?"

윤기가 시치미를 뗐다.

"윤아 씨 말이야, 실은 주방에 데려오는 것도 반대할 줄 알았는데……."

"어쩌겠어요? 선배가 좋아하는 사람인데… 그리고 자기 주방에 여자를 데려온다는 건 그만큼 자신의 직장에 애정이 있다는 거거든요."

"그 말은 뉴욕 오너 셰프에게서도 들었었는데……."

"아무튼 파이팅하세요."

"걱정 마. 나한테 뻑 간 눈치야. 이번 쉬는 날 동해 가기로 했어."

경모가 얼굴을 붉혔다. 요리사에게 있어 사랑은, 좋은 요리를 만드는 계기가 될 수 있었다. 사랑하면 뭔가 주고 싶다. 요리사가 줄 수 있는 건 요리다. 그런데 더 잘해 주고 싶은, 심지어는 이 세상에 하나밖에 없는 요리를 해 주고 싶어진다. 요리가 발전하지 않을 도리가 없는 것이다.

비슷한 예가 진 팀장이었다. 딸 은서에게 멋진 아빠가 되고 싶은 것에 더불어 더 맛난 요리를 해 주고 싶은 마음. 그게 그를 업그레이드 버전으로 변화시키고 있었다.

두 번째 분주함은 뜻밖이었다.

"송 셰프."

장애인 회관의 오 관장이었다.

"웬일이세요? 저희 호텔 요리 예약하셨어요?"

복도로 나와 그녀를 만났다.

"아니, 보고하러 왔지."

"보고요?"

"수아야."

오 관장이 뒤를 돌아본다. 막다른 벽 뒤에서 수아가 튀어나왔다.

"……?"

윤기는 숨이 멈추는 줄 알았다. 수아의 몸에 팔이 달려 있었다.

"오빠."

그대로 달려와 윤기 품에 안겼다. 그중 오른팔이 움직이고 있었다.

"수아야."

"오빠, 고마워."

바로 눈물을 쏟으며 윤기 품에 묻혔다.

"관장님?"

"미안해. 은혜 갚아야 한다고 어머니하고 둘이서 통사정하는데 어떻게 말을 안 해? 나 탓해도 어쩔 수 없어."

"하지만……."

"오빠……."

가슴에 비비는 수아 얼굴이 뜨거웠다.

"고마워요, 정말 고마워요."

눈물은 수아 어머니가 대신 흘렸다. 수아가 울지 않으니 그건 다행이었다.

"오빠, 나 이제 손으로 글씨 쓸 수 있다. 양치도 할 수 있어."

수아가 의수를 내밀었다. 정교했다. 관절의 마디까지 움직이고 있었다.

"KIST 김인규 박사님, 아는 사람 통해서 부탁했더니 그다음 날 오셨지 뭐야? 그렇게 뜻깊은 돈이라면 열 일 제치고 만들어 주시겠다면서……."

"……."

"일단은 오른손만 만들었어. 왼손은 겉만 인공지능이야."

"네에……."

"오전에 가서 착용하고 설명 듣고 오는 길이야. 수아가 송 셰프에게 제일 먼저 보여 주고 싶다고 해서… 미안해."

"아뇨, 잘하셨어요."

"정말?"

"들어오세요. 그동안 수고하셨는데 스테이크 정도는 드시고 가셔야죠?"

"아니야. 여기 스테이크 굉장히 비싸던데……."

"제가 여기 이사급 셰프예요. 제 재량으로 그 정도는 쏠 수 있습니다."

"그래도……."

"헤에, 관장님. 여기 스테이크가 진짜 맛있긴 해요."

수아가 먼저 입맛을 다신다. 주희를 불러 테이블을 마련하도록 지시했다. 그런 다음 김혜주에게 전화를 했다. 다행히 통화가 되었다.

─멋진 동생? 누나가 도와줄 일 있어?

김혜주가 반갑게 전화를 받았다.

"있죠."

―뭔데?

"괜찮으시면 잠깐 들를 수 있겠어요?"

―지금?

"네."

―왜? 새 메뉴 나왔어?

"샤프로뉴 소스에 비벼 먹는 순새우살 파스타 어때요? 아니면 바짝 구운 송아지 간 번빵에 아귀 간 패티를 넣은 버거는요?"

―전자에 콜.

"준비하겠습니다. 너무 맛있을지 모르니 강심제 먹고 오시는 거 강추예요."

―오케이. 그럼 2인분으로 부탁해.

김혜주와 윤기는 죽이 제대로 맞았다.

40여 분 후에 그녀가 달려왔다. 로드매니저와 둘이었다.

"으악."

천하의 김혜주가 비명을 질렀다. 윤기의 설명 때문이었다.

"누나 어머니가 주셨던 격려금, 수아의 팔이 되었어요."

"송 셰프."

"통장에 처박아 두는 것보다 백 배는 낫지 않아요?"

"낫지. 백 배가 아니라 백만 배 낫지. 세상에……."

김혜주는 홍수아 앞에서 어쩔 줄을 몰랐다.

"수아야, 인사 드려. 네 팔을 만들어 주신 분은 이분의 어머니셨어. 나는 그 봉투를 대신 전한 것뿐이고."

"무슨 소리야? 그 돈은 동생 거야. 나는 아무 상관도 없어."

김혜주가 정색을 했다.

"누나."

"응?"

"좋죠?"

"좋다마다. 나 춤추고 싶어. 엄마가 자랑스러워서, 송 셰프가 너무 멋져서."

"그럼 누나가 증인 되세요."

"무슨 증인?"

"수아 왼팔은 아직 가짜 인공 의수예요. 저게 보기보다 값이 엄청나게 나간대요. 제가 그걸 몰랐어요."

"왼팔 비용은 내가 낼게."

"아뇨, 제가 내요. 오른팔은 누나 어머니가 만들어 줬잖아요?"

"송 셰프."

"저 곧 방콕대회 가잖아요? 거기 황금보스키상 상금이 하필 5만 불이더라고요. 수아 오른팔 비용 대기에 딱이에요."

"송 셰프……."

"게다가 내가 수아랑 벌써 약속을 해 버렸다는 사실."

"진짜야?"

김혜주가 수아를 바라보았다.

"네."

수아가 고개를 끄덕거린다.

"좋아. 그렇다면 양보할게. 꼭 챔피언 먹고 와."

김혜주의 두 손이 윤기의 어깨를 잡았다. 수아의 의수는 주먹을 쥐어 보인다. 파이팅하라는 사인이었다.

송윤기.

방콕 대회를 먹어야 할 이유가 또 하나 생겨 버렸다.

*   *   *

노래를 들었다. 수아의 노래였다. 아무것도 보답할 게 없는
수아. 윤기와 김혜주를 위해 노래하겠다고 하니 기꺼이 청각을
세워 주었다.

"어머."

듣던 김혜주가 신경을 곤두세웠다.

"잘하죠?"

윤기가 웃었다. 윤기는 수아의 노래 실력을 알고 있다. 처음부
터 그랬다. 자원봉사를 나온 윤기가 힘들다고 뒤에서 노래를 불
렀던 아이였다. 그 목소리가 신기하게도 피로를 씻어 주었다. 수
아의 마음 때문일까? 낭랑함 속에 묻어 나는 호소력이 압권이었
다. 정말이지 윤기의 요리에 취하는 사람들의 마음과 다르지 않
았다.

"장난 아니네?"

김혜주 고개가 갸웃 돌아간다.

수아가 부른 건 트롯이었다. 명랑하다. 두 곡을 거푸 불렀으
니 주희와 서빙 팀원들도 귀를 기울이고 있었다.

"완전 가수야."

김혜주가 수아를 안아 주었다.

"고맙습니다. 아줌마."

"아줌마 아니고 언니."

"네?"

"송 셰프 동생이라며? 송 셰프가 내 동생이니까 너도 내 동생이지. 싫어?"

"아뇨, 좋아요. 언니."

수아가 활짝 웃었다.

"호텔 인수는 잘되어 가?"

김혜주가 흰 벤츠 앞에서 물었다.

"네. 이지용 회장님이 투자 약속해 주셨어요. 멕시코의 재벌 페드로도요."

"내가 더 도울 일은 없고?"

"회원권 많이 예약해 줬잖아요? 큰 힘이 되었어요."

"자금 부족하면 말해. 누나도 100억 정도는 동원할 수 있어요."

"제 옆에 있는 것만으로도 충분해요."

"알았어. 잘하고 있으니까 참견하지 않을게."

김혜주가 벤츠와 함께 멀어졌다.

"오빠, 갈게."

이제는 수아 차례였다.

"고마워."

운전석의 오 관장이 손을 들어 보였다. 수아도 손을 들어 보인다. 비장애인에게는 너무나 평범한 저 동작. 하얗게 흔들리는 수아의 손이 그렇게 아름다워 보일 수 없었다.

이 마음.

이 보람.

역아와 안드레아는 모를걸?

윤기가 혼자 웃었다. 요리 하나로 꿈꾸던 두 전생의 욕망과 지배욕. 그들이 몰랐던 보람. 그걸 만끽하는 윤기였다.

다음 날, 런치 타임이 끝나갈 때 인터폰이 울렸다.

"대표님인데요?"

경모가 윤기를 바꿔 주었다.

—바쁘지?

"예, 조금……."

—잠깐 내 방에 좀 올라올 수 있겠나?

"알겠습니다."

도마 정리를 하고 주방을 나왔다.

무슨 일일까?

아마도 매각 문제 같았다. 일부러 비상계단으로 걸었다. 계단 하나와 난간 하나도 앤틱이다. 벽 역시 단조롭지 않다. 베르사이유 궁전의 바로크의 문양을 따온 것이다. 이런 호텔은 걸어다녀야 한다. 그런 관점에서 보니 비상계단으로 이어지는 비상문들이 나빴다. 처음에는 여유롭게 걸어 다니도록 설계한 호텔. 편리성을 추구하면서 허접한 비상문으로 막아 버린 것이다.

"부르셨습니까?"

대표실에 들어섰다. 설 대표는 서류를 검토하고 있었다. 가슴이 철렁 내려앉는다. 그사이에 계약이라도 진행된 걸까?

"앉아."

자리를 권하니 그의 앞에 앉았다.

"송 대표."

"예?"

엉뚱한 호칭에 윤기가 고개를 들었다. 그 짧은 찰나에 한 번 더 놀랐다. 대표라면… 설 대표가 윤기의 인수 추진을 알고 있다는 뜻과도 같았다.

"배포 큰 사람이 놀라긴."

"대표님?"

"매형에게 들었네."

"……?"

"걱정 말게. 나만 알고 있으니까."

"……?"

"매형을 찾아갔었다고?"

"예."

부인하지 않았다. 이렇게 되면 감춘다고, 둘러댄다고 될 일이 아니었다.

"송 셰프가 이 호텔을 인수하겠다고 투자를 요청했다고 하더군."

"그랬습니다."

"그게 자네에게 가장 유리한 조건이었군?"

"예."

"공감하네. 자네가 인수하면… 자네에게 최고의 조건이겠지. 아울러 이 호텔에게도."

"진심이십니까?"

"자넨 이 호텔을 살릴 수 있는 '요리'를 가진 유일한 사람이야. 다만 실탄이 없으니 고려할 대상이 아니었어. 하지만 실탄을 만들 수 있다면 애기가 달라지지."

"무슨 일이 일어나고 있는 겁니까?"

"매형이 내게 특명을 내렸네. 이 호텔 매입에 가장 유리한 방법을 내놓으라고."

"……"

"그래서 누구냐고 물었어. 매형이 이 호텔을 살 리 없다는 건 내가 잘 알고 있었거든."

설 대표가 일어섰다. 벽으로 가더니 바로크 장식을 쓰다듬는다. 그의 방에도 유려한 바로크 장식이 많았다.

"말씀하시더군. 송 셰프라고."

"……"

"솔직히 놀랐네. 자네가 매형에게 호텔을 매입해 달라는 부탁을 할 수는 있다고 봤어. 자네에게 호의적이던 멕시코 재벌, 혹은 자네 요리에 반한 기업가들 중에서도……. 하지만 자네가 매입하리라는 생각은 꿈에도 하지 못했네."

"……"

"자넨 나를 두 번째 놀라게 하고 있네. 무명의 주방 보조에서 그랑 서울의 에이스 셰프로 등극하면서, 그리고 호텔 인수라는 상상 불가의 패를 까 보이면서."

"……"

"그사이에 벌써 여러 기적을 써 버렸더군."

"……"

"우리 매형을 설득했고, 저명인사들에게 회원권을 약속받았어. 한두 명도 아닌 사람에게……."

"그것도 아셨습니까?"

"은밀하게 추진했지만 자네가 알아 버린 매각처럼 세상에는 비밀이 없네."

"우리 매형을 나서게 했으니 자네의 인수 건은 성공할 것 같네. 그 양반 성격에 한번 약속한 일은 성사시키니 정 안 되면 당신이 전액을 투자해 버릴 거야."

"저도 이 회장님과 약속한 플랜을 지킬 수 있습니다."

"그렇겠지. 곁에 두고도 그 능력을 알 수 없는 이 젊은 신성, 송 셰프."

"그게 확인하려고 부르신 겁니까?"

"아닐세, 보고하려고 불렀네."

"보고?"

"매각은 내 마지막 이벤트야. 그걸 자네와 함께 성사시키는 것도 큰 의미가 있겠지."

"……."

"매형이 준 임무가 그거라네. 최고의 조건으로 자네에게 매각하는 것. 해서 자네에게 밝힌 마지노선이 수정될 수 있다는 알려주려고 불렀네."

"705억이라면서요?"

"매각에는 B안, C안이 있는 법이니까."

"……."

"C안으로 알려 드렸네. 자네라는 걸출한 셰프 없이 매각하는 것. 자네가 그만두는 경우를 가정했을 때, 즉 그랑 측의 최악의 매각가는 660억이네."

'660억?'

"자네는 거기 맞추면 될 것 같네. 매형의 전문가들도 그렇게 가닥을 잡고 있을 거야."

"대표님……."

"솔직히 처음에는 충격이었는데 싸목싸목 생각하니 최상의 매각이겠더군. 이 호텔에게는 말이야."

"대표님."

"우리 둘의 마지막 이벤트야. 이번에는 내가 주인공이 되고 싶었는데 이번에도 자네가 주인공이 되는군."

"……."

"자네가 공표하기 전에는 누구에게도 말하지 않을 테니 염려 마시게. 단지 자네에게 도움이 될까 싶어 미리 알려 주는 거야."

"……."

"부디 자네가 꾸는 꿈이 잘 이뤄지길 바라네. 방콕대회도."

설 대표가 손을 내밀었다.

"고맙습니다."

"내가 고맙지. 나도 부동산 투기꾼 같은 사업가들이 호텔을 매입해서 재개발하는 건 원치 않았거든. 이 호텔, 하나하나 뜯어보면 나름 가치가 있으니까."

"대표님 뜻대로 그랑 서울을 살려 보겠습니다. 최고의 미식 호텔로."

"자네라면, 아니, 자네이기에."

격려를 받고 복도로 나왔다.

다시 계단참을 지나 계단을 걸었다.

660억.

이지용은 역시 능력자였다. 단숨에 40억 원 정도를 아낄 수 있는 방법을 찾아냈다. 잠시 걸음을 멈추고 바로크 장식들을 바라보았다. 정성스러운 손길이 들었음에도 내 버려진 벽면들. 설 대표처럼 쓰다듬으며 중얼거렸다.

'기다려. 너희도 곧 햇빛 보게 해 줄게.'

방콕 결선이 코앞으로 오니 더 바빠졌다. 가고 오는 날까지 합쳐 사흘이나 자리를 비워야 하기 때문이었다. 싱가포르 대전을 갈 때보다도 더 바쁜 건 메뉴가 늘어난 까닭이었다. 중요 메뉴의 예약은 받지 않았지만 소품은 그대로 진행을 했다. 가장 큰 문제는 스테이크의 향이었다.

스테이크 굽는 냄새를 증류해 내는 건 요리만큼이나 어려웠다. 경모와 창혁에게 시켜 봤지만 만족스럽지 않았다.

"컨디션 어때?"

출발을 하루 앞둔 날, 에르베가 물었다.

"좋습니다."

스테이크를 굽던 윤기가 답했다. 숯불은 알맞았고 시어링은 황금빛 갈색으로 이어졌다.

"이번 대회는 방콕이라고?"

"예."

"그게 좀 이상해. 보스키 도르는 대개 프랑스에서 열렸는데 말이야."

"그러게요."

"게다가 일정도 하루. 원래는 이틀이었거든."

"그건 관계없지 않나요?"

"뭐, 그렇기는 하지만……."

"저 없는 동안 주방 잘 부탁해요."

"그런데 송 셰프."

"예?"

"송 셰프가 돌아오면 나도 곧 파리로 돌아갈 거야."

"왜요? 아직 기간이 남았잖아요?"

"그런 줄 알았는데 본국에서 소환령이 떨어졌어. 그랑 서울은 자리를 잡았으니 말레이시아의 그랑 쿠알라룸푸르로 가라네? 파리에 가서 짧은 휴가 보내고 바로 갈 모양새야."

"정말요?"

"뭐 여기가 정이 들었긴 하지만 어쩌겠어?"

"실은 저도 부탁이 하나 있는데……."

"나한테?"

"네."

"요리는 아니겠지? 요리라면 송 셰프가 나한테 부탁할 거리가 없으니까."

"요리 맞아요."

"그래?"

"방콕에서 돌아오면 말씀드릴게요. 꼭 좀 들어주세요."

"좋아. 뭔지는 모르지만 약속한다. 우리 송 셰프 부탁이라면."

에르베의 대답은 흔쾌했다.

잠시 후에 경모가 슬그머니 다가왔다.

"음, 혹시라도 장노비 같은 거 주려면 꿈도 꾸지 마세요."

윤기가 미리 철통 방어망을 쳐 버렸다.

"장도비가 아니……."

경모가 작은 상자를 내밀었다.

"마카롱?"

상자에 든 건 색색의 마카롱 포장이었다.

"내가 아니고 윤아가… 송 셰프 방콕 간다고 하니까 꼭 좀 전해 달래. 스테이크 너무 고마웠다고. 친구들 앞에서 면 좀 제대로 섰대."

"그건 내 면 아니고 선배 면 살리라고 한 일이잖아요?"

"아무튼 받아 줘. 인증 샷까지 찍어 오라고 했거든."

"둘이 잘되어 가요?"

"굉장히. 실은 어제……."

경모가 얼굴을 붉힌다. 사랑을 나눈 모양이다. 얼굴이 붉어지는 게 그 증거였다.

"으음… 그럼 어쩔 수 없이 얼굴 좀 팔려 줘야겠네?"

윤기가 마카롱을 들어 보였다. 경모가 그 장면을 셀피에 담았다.

"앗, 저도 마카롱인데?"

주방 문으로 들어서던 주희가 입을 막았다.

"외국에서 피곤할 때 달달하게 먹으면 아이디어가 팍팍 떠오를 것 같아서요."

주희의 마카롱도 색색이었다. 이것조차 안 받으면 찌질이 인정이다. 별수 없이 접수를 했다.

"그럼 이건요."

창혁이 울상을 짓는다. 그 손에 들린 건 봉투였다. 한두 개가 아니었다. 설 대표와 유 이사 등의 봉투가 시작이었다. 조리부장과 그 아래의 조리 팀들 봉투까지 합치니 10여 개에 달했다.

"그런 거 받지 말라고 했을 텐데?"

"하지만 반강제로 놓고 가는 바람에……."

"허얼."

"그냥 받아 주세요. 모두의 마음이잖아요? 셰프님이 방콕 대첩을 이루어 달라는."

"재걸아."

윤기가 막내를 불렀다.

"네, 셰프님."

"너도 냈지?"

"……."

"그럼 너도 n분의 1의 공범이네? 인정?"

"네……."

"내가 특명 하나 내릴 테니까 제대로 이행해. 알았어?"

"네."

"이 봉투 불우이웃돕기로 기부해. 내 이름 말고 우리 그랑 서울호텔의 이름으로, 알았어?"

"셰프님."

"특명!"

"알겠습니다."

"대답 봐라."

"알겠―습니다."

재걸의 대답이 실내를 울렸다.

*   *   *

새벽 4시.

윤기가 눈을 떴다. 비행기 출발이 아침 7시 50분이었다. 2시간 전까지는 가야 했으니 일찍 일어나는 수밖에 없었다. 그런데 인기척이 있었다.

"엄마?"

눈을 비비자 어둠 속의 실루엣이 드러났다. 어머니였다. 침대 바닥에 앉아 윤기 손목을 잡고 있었다.

"깨우러 들어왔다가……."

"손목 이상 있을까 봐 체크 중?"

"응."

"엄마."

"응?"

"내 손 천국의 기둥처럼 튼튼해. 그러니 걱정하지 않아도 돼."

"그런 거 같아. 살짝 잡았는데 강철처럼 탄탄해 보였어."

"밥도 했네?"

윤기가 코를 벌름거렸다. 맛깔스러운 냄새 분자가 느껴졌다.

"큰일 하러 가는데 밥은 먹고 가야지."

"공항에서 먹으면 되는데 힘들게시리……."

"엄마가 안 돼."

"알았어. 일단 씻고……."

샤워를 마치고 나왔다. 식탁의 냄새는 조금 더 진해져 있었다.

'된장에 조기, 들기름으로 구운 김과 나물무침……'

테이블의 반찬들이 하나둘 느껴졌다.

"먹어."

어머니가 밥을 권했다. 흰 쌀밥은 꼭 이팝나무꽃을 담아 놓은 것처럼 보였다.

"불고기도 하려다가 이른 시간이라 부담될까 봐."

"이 정도면 진수성찬이지, 뭘 바래?"

윤기가 수저를 잡았다.

"참조기네?"

"사모님이 주셨어. 영광에서 올라온 건데 너 구워 주라고. 고맙게도 방콕 가는 거 기억을 하시네?"

"고맙다고 전해 주세요."

조기 살은 시리도록 하얗다. 그 맛은 순하디순한 감칠맛이었다. 밥이 좀 많았지만 다 먹어 치웠다. 씹다 보니 감칠맛이 진해져 크게 부담되지 않았다.

"우리 송 셰프 파이팅이야."

클래식 미니 앞에서 어머니가 주먹을 쥐어 보였다.

"엄마."

"응?"

"나 당연히 파이팅이야. 나한테 걸린 기대가 한둘이 아니거든."

"내 기대는 몇 번째야?"

"당연히 첫 번째지."

"열 번째, 백 번째라도 괜찮아. 우리 아들이 잘될 수 있다면."

"다녀올게."

창밖으로 손을 내밀어 어머니 손을 잡았다. 출발의 신호였다. 한참을 달리자 먼동이 트기 시작했다.

[송 셰프, 잘 다녀와.]

[셰프님을 믿어요.]

[황금보스키상은 셰프님의 것, 잘하고 오세요.]

김혜주를 비롯한 응원 문자가 이어졌다. 그것들 보는 재미와 함께 인천공항에 닿았다.

"송 셰프."

이상백은 입국장 앞에 있었다. 약속대로 그는 본선에도 동행이었다.

"일찍 나오셨어요?"

윤기가 물었다.

"한 10분 됐어요. 아침이라 차가 쭉쭉 빠지니……."

"들어갈까요?"

"그럽시다."

이상백이 카메라와 노트북 가방을 챙겼다.

"뭐 좀 먹어야죠?"

출국수속이 끝나자 이상백이 물었다.

"저는 먹고 왔는데요?"

"셰프라서 다르시네? 그럼 스카이라운지로 갑시다."

이상백이 앞장을 섰다.

"송 셰프."

간단한 식사거리를 챙겨 온 이상백이 윤기를 바라보았다.

"예?"

"나한테 숨기는 거 있죠?"

"음… 한두 가지가 아니라서요."

"나 참."

이상백은 윤기의 너스레에 혀를 내둘렀다.

"이 기자님은 뭐가 궁금하실까요?"

"1억 원 구좌 말이에요."

"아, 그거요."

"말로는 VIP 회원권이라던데?"

"맞습니다."

"솔직히 말해 봐요. 내가 대략 파다가 왔으니까."

"파셨다고요?"

"VIP 회원권… 송 셰프라면 가능한 일이죠. 그런데 호텔 직원들은 모르고 있더라고요. 그러니 이상하죠. 송 셰프가 개업할 거 아니라면……."

"저 개업합니다."

"예?"

샐러드를 먹던 이상백이 동작을 멈췄다.

"많이 파셨는데 어떻게 속이겠어요? 저 개업 준비하고 있어요."

"정말입니까?"

"지난번 싱가포르 갈 때 그러셨죠? 다 빈치 이벤트 하려면 거기서 부각된 후가 좋겠다고? 이번에도 방콕에서 성과 좀 낸 후에 발표하려고 말씀드리지 않았어요."

"이야, 가기 전부터 특종이 쏟아지네? 개업 자리는 어딘데요?"

"이 기자님이 익히 아는 곳이에요."

"내가요?"

"네."

"어디?"

"기자님과 제가 처음 만난 곳."

"처음……? 그럼 설마 그랑 서울호텔?"

"맞습니다."

"송 셰프."

"그랑 서울이 매물로 나왔어요. 이번 기회에 호텔에다 제 요리 제국을 세워 보려고요. 맛으로 켜켜이 쌓아 올린 미식 호텔, 호텔에 딸린 요리가 아니라 요리에 딸린 호텔 말이에요."

"잠깐만요, 그러니까 송 셰프가 매물로 나온 그랑 서울을 인수한다 이거잖아요?"

"네."

"리폼 홀만 인수하는 것도 아니고 그랑 서울 전체를요?"

"매물 자체가 그랑 서울이거든요. 그랑 그룹은 그랑 여수에 올인할 눈치예요."

"미안하지만 인수 자금은요? 한두 푼 드는 게 아닐 텐데?"

"이 기자님이 투자 좀 하시면 안 될까요? 대략 700억 수준이던데?"

"마음이야 얼마든지 문제없죠. 하지만 그 정도 부자가 아니라서요."

"마음으로 한다면 얼마 투자하실 건데요?"

"쿨하게 100억 쏘죠."

"그럼 600억만 확보하면 되네요."

"송 셰프."

"방콕 평정한 후에 말씀드리려 했는데 이렇게 되었으니 말하지 않을 수 없네요. 일단 제가 회원권으로 30억 정도 마련하고 이지용 회장님이 나머지의 51%, 그리고 멕시코 재벌 페드로 회장님께서 나머지를 맡아 주실 것 같습니다."

"이지용 회장님?"

"예."

"이야, 송 셰프의 스테이크에 반하시더니⋯⋯."

"기자님 판단은 어떠십니까?"

"송 셰프의 호텔 인수 말입니까?"

"이 회장님의 투자 말입니다."

"그분은 투자의 귀재예요. 싹수없는 사업에 투자 안 하죠. 그분이 투자를 결정했다면 비전을 보신 겁니다."

"그래서 100억을 쏘는 건가요?"

"아뇨. 솔직히 그분 아니어도 제 마음은 100억 쏩니다. 송 셰프라면 그만한 가치가 있다고 생각합니다."

"제 요리겠죠?"

"그 요리는 누구에게 구속받아서는 안 돼요. 지금처럼 그냥 마구마구 폭발해야 합니다. 그러자면 호텔 자체가 셰프의 것인 게 가장 이상적이긴 하죠."

"인정받으니 기분 좋은데요?"

"아뇨, 나는 안 좋습니다."

"예?"

"1억 회원권 말입니다. 왜 나한테는 말하지 않은 겁니까? 이거 굉장히 섭섭합니다."

"그럼 지금 투자 의향서 쓰세요. 특별히 기회를 드리죠."

"주세요. 그렇잖아도 와이프가 송 셰프 요리에 뻑 간 눈치인데 이런 플렉스조차 안 해 주면 자칫 나 이혼당할 각입니다."

"그럼 이 기자님을 31번째 회원으로 확정해 두겠습니다."

"이름은 제 와이프로 해 주세요. 곧 결혼 10주년인데 최고의 선물이 될 것 같습니다."

"그렇게 하죠."

"일단 하나는 정리되었고……."

"뭐가 또 있나요?"

"이거 진짜 왜 이럽니까? 나 송 셰프 전문기자예요."

"뭐 그건 인정……."

"성자의 셰프."

이상백이 시선을 들었다. 그 또한 다 꿰고 있다는 전시안의 눈빛이었다.

"수아 일도 알아요?"

"빙빙 돌리지 말고 이실직고 하세요."

"좋아요. 그건 누가 제보했나요?"

"취재원 보호 원칙 모르세요?"

"그럼 저는 묵비권 행사할 겁니다."

"알았어요, 알았어. KIST의 친구 하나가 연락을 해 왔습니다. 성자의 셰프에 나온 발의 주인공에게 로봇 의수를 달아 주었다고요. 그런데 알고 보니 그 의수 비용을 기부한 사람이 내가 아는 셰프더라 이거죠."

"헐, 세상 좁네요."

"이실직고."

"제가 한 거 맞습니다. 하지만 따지고 보면 연예인 김혜주 어머니가 기원이세요."

"셰프가 홉입 스테이크 먹게 해 준 그분이군요?"

"네."

"이야, 이거 특종이 덩굴로 쏟아지네?"

"그분이 베개 밑에 모아 둔 지인들 쾌유 기원 봉투를 고맙다며 제게 주셨어요."

"셰프는 그걸 수아의 의수 제작 비용으로 쾌척했고요?"

"아, 내가 복지관 관장님에게 절대 비밀로 하라고 했는데……."

"그 비밀 내가 다 까발려 줄게요."

"기자님."

"셰프님, 이런 미담 아무나 만드는 거 아니에요. 호텔 언제 인수할지 모르지만 그 인수작업, 혹은 끝나고 오픈식 할 때 깜시다. 제대로 터뜨리면 100억 광고 효과 볼 수 있을 거예요. 그럼 나도 셰프의 호텔에 100억 투자하는 셈이죠."

"반박 불가의 논리인데요?"

"우리도 MOU 체결한 겁니다?"

"알았으니까 식사나 마무리하세요. 탑승 시간 다 되었어요."

윤기가 라운지의 벽시계를 가리켰다.

방콕 결선.

싱가포르와 느낌이 좀 달랐다. 두려움은 아니었다. 이번에는 더 많은 기대가 걸린 까닭이었다.

요리 대회의 규모는 많이 커졌다.

하지만 아직 멀었다.

안드레아가 잘나갈 때, 폴 보스키와 끌로드 등의 최고 반열 셰프들에게 말했다.

[올림픽이나 월드컵 이상으로 키우셔야죠.]

농담이 아니었다. 인간에게 가장 중요한 게 먹거리였다. 옷이 없어도 살 수 있다. 축구공이 없어도 살 수 있다. 그러나 먹거리가 없으면 살 수 없는 게 인간이었다. 그럼에도 불구하고 요리 대회는 주목을 받지 못했다. 하다못해 패션 이벤트에도 뒤지는 게 요리 이벤트였다.

안드레아는 그게 싫었다. 언젠가 월드컵 이상의, 올림픽 이상의 이벤트를 열고 싶었다. 그곳의 정상에 우뚝 서는 자가 다음

해의 미식 트렌드를 좌우하게 하고 싶었다.

[안드레아 선생은 우주에서 태어났어야 할 사람이야.]

보스키와 끌로드의 대답이었다. 그들도 그 말에 동의했지만 요리 대회는 그때나 지금이나 큰 변화가 없었다. 요리는 흔하게 접할 수 있기 때문이다. 뭐든 손쉽게 닿으면 소중함을 잊는다. 세상에서 가장 소중한 게 산소임을 잊고 살듯이.

그런데.

왜 방콕일까?

그 생각에 잠겼다. 폴 보스키의 본거지는 리옹 북쪽 지역의 강변에 자리한다. 그가 나고 자란 곳이다. 체크해 보니 보스키 도르 대회가 프랑스를 떠난 건 한 번뿐이었다.

[2006년 뉴욕 대회]

그게 유일한 예외였다. 그건 이해가 되었다. 보스키는 도쿄와 뉴욕에도 레스토랑을 가지고 있기 때문이었다. 그러나 방콕에는 그런 이유도 없었다.

"나도 그게 궁금합니다."

옆자리 이상백의 대답이었다. 그는 기자다. 혹시 관련 정보가 있을까 싶었지만 그렇지 않았다.

"혹시 태국 왕실 같은 데서 초대를 한 거 아닐까요? 태국 요리의 도약을 위해?"

이상백의 추측이었다.

"그런 사례가 있나요?"

"뭐 태국 왕실도 침체되어 있고, 코로나로 망가진 관광 인프라를 되살릴 계기도 필요하겠고."

"요리 대회는 일반인 공개가 아니잖아요?"

"불가능하지는 않아요. VIP들에게 참관을 시킨 적도 있고요."

"그렇군요."

"본선 진출자들 자료는 체크했나요?"

"에르베 셰프가 추려 주길래 대략 보기는 했어요."

"송 셰프까지 여섯 명이죠? 다 막강하지만 네 명이 기막히더군요. 미국, 일본, 부탄."

"남은 하나는 누구죠?"

"당연히 송 셰프죠."

"……"

"이런, 곧 착륙할 모양이네요. 바퀴 나오는 소리 들리죠?"

이상백이 의자의 등받이를 바로 했다. 해외 출장 경험이 많은 그는 사소한 것까지 꿰고 있었다.

"어쩔까요? 숙소로 바로 직행? 아니면 대회 장소 탐방?"

입국 수속이 끝나자 이상백이 물었다.

"대회 장소부터 봐야겠네요. 딱히 할 일도 없으니……"

"태국어는 어때요?"

"요리 용어 정도?"

"으음, 불어와 중국어의 달인이지만 태국어는 못하는군요. 택시는 내가 잡죠. 생존 태국어는 할 줄 알거든요."

이상백이 택시를 세웠다.

소위 '네고'는 시간이 좀 걸렸다.

목적지는 외곽으로 한 시간 반 거리에 있었다. 매끌렁 시장 인근의 오래된 호텔. 정원에 작은 연못이 딸렸지만 특별할 것도 없이 오래된 건물이었다.

"대회 준비 중인데요?"

이상백이 정원을 가리켰다. 요리 대회에 필요한 것들이 설치되고 있었다. 주방 기구와 조리대, 그리고 테이블과 접시들……

그때 기차의 기적이 울렸다. 사람들이 소리를 향해 몰려 갔다.

"뭐죠?"

윤기가 시선을 돌렸다.

"매끌렁 시장이잖아요? 철로에 서는 시장이에요. 기차가 들어오면 사진을 찍으려는 관광객이 몰리죠. 그 풍경이 짜릿하거든요."

"그래요?"

윤기도 사람들의 꽁무니를 물었다. 정말 그랬다. 낡은 철도변에 수많은 좌판 물건들이 널렸다. 과일부터 생선, 육류까지 없는 게 없다.

빠아앙.

기차가 들어오고 있었다. 관리자로 보이는 사람이 호루라기를 불며 인파를 정리한다. 상인들은 무심하다. 물건은 그대로 두고 차양을 거둘 뿐이다.

호텔의 정원에서 빤히 보이는 어지러운 재래시장. 바닥을 보니 기차 시각표가 떨어져 있다. 기차는 대략 2—3시간 간격으로 오간다. 어떻게 보면 정신이 없는 곳이다.

폴 보스키.

요리제국 프랑스에서도 손에 꼽히는 셰프다. 재산으로 쳐도 어디에 빠지지 않는다. 게다가 노구에 건강이 악화되어 내년을 기약할 수 없는 사람. 그는 왜 이런 곳에서, 생애 마지막이 될지도 모르는 보스키 도르 대회를 여는 걸까?

『요리의 악마』 5권에 계속…